회귀자와 함께
살아가는 법

회귀자와 함께 살아가는 법 2

재미두스푼 현대 판타지 소설

초판 1쇄 찍은 날 § 2022년 1월 14일
초판 1쇄 펴낸 날 § 2022년 1월 21일

지은이 § 재미두스푼
펴낸이 § 서경석

총괄팀장 § 황창선
편집책임 § 이준영
디자인 § 스튜디오 이너스

펴낸곳 § 도서출판 청어람
등록번호 § 제387-1999-000006호
등록일자 § 1999. 5. 31
어람번호 § 제1-3171호

본사 § 경기도 부천시 부일로 483번길 40 서경B/D 3F (우) 14640
편집부 § 서울시 구로구 디지털로 272 한신IT타워 404호 (우) 08389
전화 § 02-6956-0531 팩스 § 02-6956-0532
http://www.chungeoram.com
E-mail § chungeorambook@daum.net

ISBN 979-11-04-92413-2 04810
ISBN 979-11-04-92411-8 (세트)

도서출판
청어람
2
회귀자와 함께
살아가는 법
재미두스푼
현대 판타지 소설
MODERN FANTASTIC STORY

회귀자와 함께
살아가는 법

목차

Chapter. 1

"글쎄요."

독한 위스키를 천천히 한 모금 마시며 뜸을 들인 후, 채동욱의 질문에 대한 답을 꺼냈다.

"장기적으로는 투자 전략을 수정해야 할 겁니다. 제조업 위주의 국내 산업 구조가 서비스 산업 위주로 재편될 테니까요."

4차 산업 혁명이라 불리는 패러다임으로 지금과는 전혀 다른 새로운 시장이 다가온다는 사실을 알고 있지만, 난 거기까지는 언급하지 않았다.

너무 먼 미래의 일이기 때문이었다.

"서 선생은 정말 탐나는 인재로군. 대학을 졸업한 후에 내

밑에서 일해 보는 게 어떤가?"

그때 채동욱이 불쑥 제안했다.

'어지간히 내가 마음에 들었나 보네.'

아직 대학에 입학하기도 전이었다.

그런데 채동욱은 내게 대학을 졸업한 후에 '밸류에셋'에 입사하라는 제안을 했다.

"제안은 감사하지만, 저는 꿈이 따로 있습니다."

그렇지만 난 일언지하에 그의 제안을 거절했다.

누구 밑에서 일하고 싶은 생각이 전혀 없었기 때문이었다.

"서 선생의 꿈이 뭔지 궁금하군."

채동욱이 아쉬운 기색으로 내게 꿈을 물었다.

이제 적당한 때가 됐다고 판단한 내가 제안했다.

"그럼 제 꿈에 투자해 보시겠습니까?"

"일억을 투자하지."

채동욱이 잠시의 망설임도 없이 일억을 투자하겠다고 제안했다.

그렇지만 난 고개를 흔들었다.

"겨우 일억으로는 시작도 할 수 없습니다."

"응?"

"기왕 제 꿈에 투자하시기로 결심하셨으니 십억을 투자해 주십시오."

"십억?"

이번에는 아까와 달랐다.

내가 어떤 사업을 시작할지 아직 밝히지도 않은 상황.

또, 어떤 담보도 없는 상황이었다.

그래서 선뜻 십억이라는 거액을 투자하는 것에 망설이는 채동욱을 확인한 내가 재빨리 덧붙였다.

"십억 이상의 값어치는 이미 한 것 같습니다만."

머잖아 대한민국이 IMF에게 구제 금융을 지원받게 될 것이고, 장기적으로는 한국 경제의 패러다임이 제조업에서 서비스업 위주로 재편될 거라는 정보.

투자사인 '밸류에셋'을 운용하고 있는 채동욱의 입장에서는 고급 정보였다.

그래서 그 정보를 건넨 것으로 십억 이상의 값어치는 충분히 한 것 같다고 말하자, 채동욱은 금세 말뜻을 알아들었다.

"서 선생에게 십억을 투자하겠네."

채동욱이 짧았던 갈등을 끝내고 투자를 결정했다.

그런 그가 호기심 어린 시선으로 날 응시하며 덧붙였다.

"십억을 투자할 테니 날 깜짝 놀라게 해 주게."

　

　

＊　　　　　＊　　　　　＊

　

　

서태호가 작동을 멈춘 절단 기계 앞에 서서 한숨을 내쉬었다.

불과 얼마 전까지만 해도 거의 매일 야근을 해야 했을 정도로 일감이 넘쳤었다.

그런데 근래 들어 갑자기 일감이 급격히 줄어들면서 주간 근무 시간임에도 불구하고 공장 내의 기계들이 멈춰 있는 경우가 늘어났다.

항상 귓가에 들리던 절단음과 용접음이 들리지 않아서 어색하다는 생각을 속으로 하고 있을 때였다.

"과장님."

김진혁 대리가 부르는 소리를 듣고 서태호가 몸을 돌렸다.

"왜?"

"나가서 커피 한잔하시죠."

"그래."

서태호가 고개를 끄덕인 후 사무실을 빠져나와 야외 휴게실로 향했다.

"여기 앉아 계세요. 커피 금방 배달하겠습니다."

싹싹한 성격인 김진혁이 커피 자판기로 달려갔다.

잠시 후 김진혁이 자판기에서 밀크 커피 두 잔을 빼서 돌아왔다.

"요새 회사 분위기가 뒤숭숭하네요."

커피 한 잔을 건네며 김진혁이 심각한 표정으로 말했다.

"어디 회사 분위기만 뒤숭숭한가? 경기도 워낙 안 좋아."

"그러니까요. 제가 자주 찾아가는 백반집도 어렵다, 어렵다

하더니 결국 문을 닫았더라고요."

"장사가 워낙 안 되니까."

서태호가 내쉰 한숨에 김진혁이 내쉰 한숨이 쌓였다.

밀크 커피를 한 모금 마신 서태호가 자신의 눈치를 살피고 있는 김진혁을 확인하고 입을 뗐다.

"김 대리, 구조 조정 얘기 나오는 건 알고 있지?"

"네? 네."

"김 대리는 너무 걱정할 것 없어. 일단 과장급 이상만 구조 조정 대상이라고 하니까."

평소 김진혁을 아끼는 서태호가 회사의 구조 조정 정책에 대해서 자신이 알고 있는 정보를 알려 주며 안심하라고 말했지만, 그의 표정은 밝아지지 않았다.

"과장님은요?"

"응?"

"과장님이 구조 조정 대상이 될 수도 있는 겁니까?"

"그러지 않기를 바라야지."

대학생인 딸아이에 이번에 대학에 진학하는 아들까지.

앞으로 돈 들어갈 구석이 수두룩했다.

그런데 하필 이 시기에 회사가 갑자기 어려워지면서 구조 조정 이야기가 나돌고 있었다.

서태호로서는 고민이 되지 않을 수 없었다.

"이러다가 다시 언제 그랬냐는 듯 경기가 좋아질 수도 있는 것 아니겠습니까?"

김진혁이 애써 밝은 목소리로 말했다.

"그래."

정말 그렇게 됐으면 좋겠다고 생각하며 서태호가 화답했을 때였다.

"아버지."

서진우의 목소리가 들렸다.

"어, 진우야. 네가 회사엔 웬일이냐?"

"아버지 보고 싶어서 왔죠."

아들이 회사로 찾아온 것.

이번이 처음이었다.

그래서 서태호가 놀란 기색을 감추지 못하고 있을 때였다.

"이번 수학 능력 시험에서 만점을 받았다는 아드님이세요?"

김진혁이 물었다.

"어, 내 아들이야."

굳어 있던 표정을 풀며 서태호가 대답했다.

아들 서진우는 집안의 자랑거리.

그래서 서진우를 소개하는 서태호의 입가에 자연스레 웃음이 번졌다.

"진우야, 와서 인사드려. 나와 같이 근무하는 김진혁 대리다."

"처음 뵙겠습니다. 서진우입니다."

"반가워. 과장님이 하도 자랑을 많이 하셔서 처음 보는데도 낯이 익은 것 같네."

김진혁이 웃으며 덧붙였다.

"그리고 수능 만점 맞은 것도 축하해."

"감사합니다. 아버지를 잘 부탁드립니다."

김진혁과 인사를 나누는 서진우에게 서태호가 물었다.

"그런데 진짜 무슨 일로 찾아온 거야?"

"아버지와 데이트 좀 하려고요."

"데이트? 징그럽게 사내 둘이서 무슨 데이트야?"

서태호가 황당한 표정을 지었을 때, 서진우가 말했다.

"퇴근 시간 거의 다 되셨죠? 부자간에 오붓하게 데이트 한 번 하시죠."

*　　　　　*　　　　　*

지글지글.

불판 위 삼겹살이 노릇하게 익어 가기 시작했다.

"한 잔 받으세요."

소주병을 들어 올리자, 아버지가 거절하지 않고 술잔을 들었다.

"너도 한잔할래?"

아버지가 제안한 순간, 난 바로 콜을 외쳤다.

"그 말씀을 안 하실까 봐 노심초사하고 있었습니다."

"뭐?"

"이게 다 아버지 때문입니다."

"무슨 뜻이냐?"

"아버지 때문에 소주 맛을 알아 버렸거든요."

내 너스레가 싫지 않으신지 편안한 기색으로 아버지는 소주병을 들었다.

"요새 많이 힘드시죠?"

내가 조심스럽게 운을 떼자, 소주를 따르던 아버지가 흠칫했다.

"그런 말도 할 줄 아는 걸 보니 많이 크긴 했구나."

아버지가 웃으며 대답했다.

'부인하지는 않으시네.'

곧 IMF 구제 금융 사태가 터진다. 그리고 어떤 대형 사태가 발생하기 전에는 항상 전조 증상이 나타나게 마련이다.

IMF 구제 금융 사태의 전조 증상은 경기 하강이다.

대마불사의 아이콘이었던 대기업들도 속절없이 망하는 판국인데, 재무 구조가 훨씬 더 취약한 중소기업들은 오죽할까.

게다가 아버지가 최근 들어 야근을 일절 하지 않고 일찍 퇴근한다는 사실을 내가 알아채지 못했을 리 없다.

"괜찮을 거야. 곧 괜찮아질 거야."

아버지는 애써 밝은 목소리로 말했다.

예전의 나였다면 순진하게 이 말을 곧이곧대로 믿었으리라.

그러나 지금의 나는 다르다.

'아니요. 괜찮아지지 않습니다.'

앞으로 경기는 지금보다 더 하강하고, 수많은 기업들이 도산 위기에 몰린다.

그러다가 결국 IMF 구제 금융 사태가 터지고, 수를 셀 수 없는 노동자들이 회사에서 해고되며 직장을 잃는다. 그리고 아버지도 직장을 잃게 되는 노동자들 중 한 명이다.

'국가 부도.'

앞에 놓인 소주잔을 매만지며 내가 떠올린 영화다.

IMF 구제 금융 사태가 터진 지, 정확히 20년이 되던 해에 개봉했던 '국가 부도'라는 영화는 IMF 구제 금융 사태가 발발한 원인을 극화했다.

'모피아!'

IMF 구제 금융 사태 발발 과정에서 주도적인 역할을 한 것은 흔히 모피아라 불리는 금융 관료들이었다. 그리고 안타깝게도 현재의 내게는 그들을 막아 세울 방법과 힘이 없었다.

지금 내가 할 수 있는 것은 IMF 구제 금융 사태가 발발했을 때, 내 주변 가족과 지인들을 지키는 것이 전부였다.

'치킨집 개업은 절대 안 돼.'

회사에서 정리 해고를 당했던 아버지는 그간 모아 둔 돈에 퇴직금과 대출까지 더해서 치킨집을 개업했다.

진우 치킨.

상호까지 똑똑히 기억하고 있는 치킨집.

그리고 창업 전문가들이 퇴직 후에 아무 준비 없이 덜컥 치킨집을 차리면 안 된다고 도시락을 싸 들고 다니면서 말리는 데는 그만한 이유가 있었다.

진우 치킨은 쫄딱 망했고, 우리 집은 빚더미에 올라앉았다.

그 실패의 후유증으로 인해 아버지는 결국 알코올 의존자가 됐었고.

'이번엔 달라져야 해.'

무려 회귀씩이나 했는데 똑같은 실패가 반복되도록 내버려 둘 생각은 없었다.

그래서 난 미리 아버지가 정리 해고를 당하는 경우에 대비해야 했고, 얼마 전 대비 과정에서 가장 필요한 자금을 수혈하는 데 성공했다.

"아버지, 이거 선물입니다."

내가 백팩에서 최신형 휴대 전화가 들어 있는 케이스를 꺼내서 내밀었다.

최신형 휴대 전화라고는 하지만 내 입장에서는 촌스럽고 무거운 벽돌폰.

그러나 아버지를 놀래키기에는 충분했다.

"이 비싼 걸… 어떻게 샀어?"

"아르바이트해서 돈 좀 벌었습니다."

"아르바이트?"

나는 고액 과외를 시작했다는 이야기를 아직 집에 알리지 않았다. 그래서 아버지는 놀란 표정으로 내게 물었다.

"공부하느라 힘들었을 텐데 대학 입학할 때까지 푹 쉴 것이지. 무슨 아르바이트를 한 거야? 호프집? 식당?"

"아버지, 아들이 이번 수학 능력 시험의 유일한 만점자입니다. 한국대학교 법학과에 입학할 인재이고요. 과외 합니다."

"용돈이 부족해?"

"아니요. 아버지 짐 좀 나눠서 들어 드리려고요."

"아버지 아직 괜찮아. 그러니까 네 용돈으로 써."

월 천만 원의 과외비.

예비 대학생이 용돈으로 쓰기에는 너무 큰돈이다.

만약 내가 과외비로 월 천만 원을 받고 있다는 사실을 알고 계셨다면, 아버지는 용돈으로 쓰라는 말을 감히 꺼내지 못했으리라.

'깜짝 놀라게 해 드려?'

잠시 고민하던 내가 고개를 흔들었다.

아직 시기상조란 생각이 들어서였다.

"아들이 처음 사 드린 선물인데 안 뜯어 보세요?"

"진우야, 넌 이미 애비에게 큰 선물을 했다. 그것도 두 번씩이나."

"제가 언제……?"

"네가 내 아들로 태어나 준 것, 그리고 한국대학교에 진학하겠다는 약속을 지켰던 것 말이다. 그래도 아들이 준 선물이니 확인은 해 봐야지."

이미 최신형 휴대 전화의 개통까지 마친 상황이었다.

'참… 크다.'

벽돌폰은 볼 때마다 날 놀라게 했다.

"거기 버튼 있죠? 1번 눌러 보세요."

"눌렀다."

"그냥 누르지 말고 꾹 누르고 있어 보세요."

내가 시키는 대로 아버지가 1번 버튼을 꾹 눌렀다.

뚜루루루, 뚜루루루.

잠시 후 내 재킷 주머니에 들어 있던 벽돌폰이 울렸다.

나는 재킷 주머니에서 울리는 벽돌폰을 꺼내며 입을 뗐다.

"제 번호 1번에 저장해 뒀습니다. 아들이 보고 싶으실 때는 조금 전처럼 1번을 꾹 누르시면 됩니다. 그리고… 힘드신 일이 있을 때도 부담 갖지 말고 연락 주세요."

*   *   *

톱스타답게 신은하는 휴대 전화를 갖고 있었다. 그리고 친구가 된 기념으로 내게 본인의 휴대 전화 번호를 알려 줬었다.

무거운 벽돌폰을 들고 신은하의 번호를 꾹꾹 누르던 내가 쓴웃음을 머금었다.

"팔에 근육 생기겠네."

회귀를 한 게 다 좋은 것은 아니었다.

당연하다 여기며 사용했던 가벼운 최신형 스마트폰 대신, 무겁고 불편한 벽돌폰을 사용하는 것은 고역이었다.

뚜우우, 뚜우우.

신호음이 세 번째 울렸을 때, 신은하가 전화를 받았다.

─여보세요?

"서진우입니다."

─아, 진우구나.

친구하기로 하자마자 신은하는 바로 반말을 시작했다.

─이 번호는 뭐야? 혹시 휴대 전화 산 거야?

"하나 장만했습니다."

─오, 잘했네. 번호 저장할게.

"오늘 바쁘십니까?"

─특별히 바쁜 일은 없는데? 심심하면 놀아 줄까?

"네, 좀 놀아 주십시오."

─콜, 어디서 볼까?

전화로 약속 장소와 시간을 정하고 난 후, 외출 준비를 했다.

옷장을 살피던 내가 한숨을 내쉬었다.

입고 나갈 옷이 마땅치 않았기 때문이었다.

"옷 좀 사야겠네."

이제 더 이상 고등학생 신분이 아니었다.

엄연히 사업을 시작한 만큼, 외모와 옷차림에도 신경을 써야 했다.

"엄마, 저랑 같이 백화점 안 갈래요?"

"백화점엔 왜?"

설거지를 하던 엄마가 고개를 돌리며 물었다.

"옷 좀 사 드리려고요."

"아들이 백화점에서 엄마 옷을 사 준다고?"

"네."

아버지께는 최신형 휴대 전화를 선물했다. 그리고 엄마에게는 옷을 사 드릴 계획이었다.

"아들, 돈이 어디서 나서 엄마 옷을 사 줘?"

"아르바이트비 받았습니다."

"그게 얼마나 된다고?"

"엄마 옷 한 벌 사 드릴 정도는 됩니다."

"그럼… 그럴까?"

백화점 싫어하는 여자는 드물다.

그건 엄마도 마찬가지였다.

"나는? 아르바이트비 받았는데 나는 옷 안 사 줘?"

'귀도 참 밝아.'

방에서 빈둥거리던 누나가 거실로 나오며 소리쳤다.

"그렇지 않아도 사 주려고 했어."

"진짜? 역시 누나 생각하는 건 동생밖에 없네."

내게 옷을 얻어 입을 생각에 한껏 표정이 밝아진 누나가 엄마를 재촉했다.

"엄마 뭐 해? 빨리 준비해야지."

"응? 응. 아들, 조금만 기다려."

엄마와 누나가 각자의 방으로 흩어졌다.

나도 내 방으로 들어가서 옷장을 열고 가방을 꺼냈다.

"성격 참 화끈해."

가방 속에 들어 있는 만 원짜리 지폐를 바라보던 내가 쓴 웃음을 지었다.

내 꿈에 묻지도 따지지도 않고 십억을 투자하겠다고 했던 채동욱은 약속을 지켰다.

그는 금고에서 수표와 현금 십억 원을 꺼내서 내게 건넸다.

집에 십억이 넘는 수표와 현금을 보관하고 있을 거라고는 꿈에도 예상치 못했던 난 무척 당황했었다. 그리고 채동욱은 십억이란 거액을 투자하면서 딸랑 차용증 한 장만 작성했다.

10년 후에 상환한다는 내용이 적힌 차용증.

당연히 이자도 없었다.

"인재를 알아보는 내 안목을 믿네. 내 안목이 잘못됐으면 십억은 그냥 잃어버린 셈 치지."

십억을 내게 건네며 채동욱이 했던 말.
그는 투자자로서의 직감을 믿고 내게 투자한 것이었다.
"자격 있어."
빠듯한 집안 형편 때문에 엄마와 누나는 본인들의 옷을 거의 사 입지 않았다.
간혹 옷을 사더라도 시장에서 싸구려 옷을 구입하는 게 전부였다.
그런 엄마와 누나의 허름한 옷들이 계속 마음에 걸렸었기에 백화점에 함께 가자고 제안한 것이었다.
"오늘 돈 좀 써 볼까?".

＊　　　　　＊　　　　　＊

"우리 아들이 힘들게 과외 해서 번 돈인데 엄마 옷을 사도 되는지 모르겠네."
택시에서 내려서 동화백화점으로 들어서기 전에 엄마가 망설이며 꺼낸 말이었다.
그렇지만 동화백화점 2층 여성복 매장에 들어선 순간, 엄마와 누나는 언제 망설였냐는 듯 표정이 밝아졌다.

"엄마, 저 옷 어때?"

"내가 입기엔 색이 너무 화사하지 않니?"

"무슨 소리야? 엄마는 피부 톤이 밝아서 화사한 옷이 잘 어울려."

"그래? 저 옷은 어때? 마네킹이 입고 있는 저 원피스 말이야."

"완전 예쁜데. 빨리 가서 자세히 살펴보자."

팔짱을 낀 채 여성복 매장을 누비기 시작하는 엄마와 누나.

어차피 오늘은 짐꾼 역할을 하기로 마음먹고 찾아왔기에 난 한참 떨어진 채 엄마와 누나의 뒤를 따랐다.

그렇게 얼마나 시간이 흘렀을까.

"벌써 몇 번째야? 어차피 사지도 못할 거면서 왜 저렇게 입어 보는 거야?"

"내 말이. 딱 봐도 없어 보이는구만."

"돈 없으면 백화점에 오질 말 것이지."

"쫓아낼 수도 없고, 진심 짜증 난다."

엄마와 누나가 막 옷을 입어 보고 나온 브랜드의 여직원들이 수군거리는 소리가 내게 들렸다.

"방금 뭐라고 했습니까?"

백화점 여직원들이 엄마와 누나의 뒷담화를 하는 것을 듣고 그냥 참고 넘길 수는 없었다.

"네? 손님, 왜 그러시죠?"

"조금 전에 제 엄마와 누나에게 뭐라고 하셨냐고요?"

"그게……."

본인들이 뒷담화를 한 게 내 엄마와 누나라는 사실을 알아챈 백화점 여직원들은 당황한 기색이 역력했다.

그렇지만 뒷담화를 했다는 사실을 순순히 인정하는 대신 시치미를 뗐다.

"손님이 뭔가 착각하신 것 같은데요. 저희는 아무 말도 안 했습니다."

그때, 엄마와 누나가 내게 다가왔다.

"진우야, 왜 그래?"

"무슨 일이야?"

난 굳은 표정을 풀지 않은 채 여직원들에게 요구했다.

"제 엄마와 누나에게 사과하시죠."

"손님, 저희가 왜 사과를 해야 하나요?"

"엄마와 누나의 험담을 했으니까요. 제가 똑똑히 들었습니다."

"험담한 적 없다니까요."

여직원들은 끝까지 본인들이 험담한 사실을 인정하지 않았다.

"무슨 일인지 몰라도 진우야, 그만해."

"그래. 그만하고 참아."

엄마와 누나는 그만하라고 했지만, 난 여기서 멈출 생각이 없었다.

"책임자 불러 주십시오."

"대체 왜 이러세요?"

"책임자 부르라고 했습니다."

나와 여직원들이 실랑이를 이어 가자, 주말을 맞아서 백화점을 찾았던 손님들이 주변으로 모여들었다.

잠시 후, 정장을 입은 매니저가 나타났다.

"동화백화점 매니저 정동구입니다. 고객님, 무슨 일 때문에 이러십니까?"

바라던 대로 현장 책임자가 나타난 순간, 난 상황을 설명했다.

"제 엄마와 누나가 매장을 나가자, 여직원들이 험담을 했습니다. 그걸 제가 똑똑히 들었습니다. 그래서 사과를 하라고 요구하고 있습니다."

"최승연 씨, 고객님이 방금 하신 말씀이 모두 사실입니까?"

"매니저님, 아니에요. 저희는 험담한 적 없어요. 저 고객님이 괜히 트집을 잡고 있는 겁니다."

"정말이에요."

내 일방적인 주장 외에는 증거가 없다고 확신하는 여직원들은 강하게 부인했다.

그런 여직원들을 노려보며 내가 다시 입을 뗐다.

"벌써 몇 번째야? 어차피 사지도 못 할 거면서 왜 저렇게 입어 보는 거야? 내 말이. 딱 봐도 없어 보이는구만. 돈 없으면 백화점에 오질 말 것이지. 쫓아낼 수도 없고, 진심 짜증 난다."

"······?"

"아까 당신들이 했던 말입니다. 왜요? 내가 토씨 하나 틀리지 않고 정확히 기억하고 있어서 놀랐습니까?"

당황한 기색의 여직원들을 노려보던 내가 동화백화점 매니저 정동구에게 고개를 돌렸다.

"직원 교육을 시키긴 한 겁니까? 직원들이 험담을 늘어놓는 것, 제 엄마와 누나에게만이 아닐 겁니다. 동화백화점을 찾아오는 다른 손님들에게도 똑같이 험담과 뒷담화를 늘어놓을 것 같은데요."

내 말이 끝나자 주변에 모여서 구경하던 손님들이 불쾌한 표정을 지은 채 웅성이기 시작했다.

자칫 잘못하면 동화백화점 이미지에 큰 타격을 입을 수도 있다는 사실을 알아챈 정동구가 여직원들과 시선을 교환한 후 내게 말했다.

"허위 사실로 계속 직원들을 핍박하는 것은 명예 훼손죄에 해당됩니다. 계속 소란을 일으키시면 경찰을 부르겠습니다."

"진우야."

"그만하고 가자."

경찰을 부르겠단 정동구의 말에 엄마와 누나는 덜컥 겁을 먹었다.

하지만 난 아니었다.

"매니저까지 나서서 험담한 직원들을 감싸고 오히려 동화백화점을 찾아온 손님을 핍박하시겠다? 진짜 형편없네."

"증거도 없이……."

"증거가 있으면?"

"……?"

"저 여직원들이 험담했다는 게 사실이란 증거가 있으면 어떻게 할 겁니까?"

만에 하나 내가 증거를 갖고 있을 것을 우려한 정동구의 말문이 막혔을 때였다.

"그때는 내가 직접 사과를 드리죠."

한 여인이 끼어들었다.

"사장님."

그 여인을 발견한 정동구가 구십 도로 고개를 숙였다.

'사장님? 이거 판이 커졌네.'

나는 새로이 등장한 여인을 빤히 바라보았다.

*   *   *

주말이라 동화백화점은 손님들로 붐볐다.

비서만 대동한 채 동화백화점을 방문한 손진경이 내부 상황을 꼼꼼히 체크했다.

일종의 암행 순찰.

"어서 오세요, 고객님."

"쇼핑 중에 불편하신 점이 있으시면 언제든지 말씀해 주세요."

청결 상태와 손님을 응대하는 직원들의 태도에 합격점을 내렸음에도 손진경은 짐짓 미간을 찌푸렸다.

'내가 오빠를 이겼어.'

동화그룹 회장이자 아버지인 손태백은 현재 시험을 하고 있었다.

동화그룹 계열사 중 하나인 동화건설과 동화백화점을 오빠인 손진수와 동생인 손진경에게 맡기면서 아버지는 선언했다.

"계열사 경영 성과를 보고 동화그룹을 누구에게 맡길지 선택하마."

경기가 어려워지면서 동화건설은 직격타를 맞았다.

손진경이 조사한 바로는 동화건설은 올해 큰 적자를 기록할 것이었다.

불경기의 여파로 매출이 감소한 것은 동화백화점도 마찬가지였다.

그렇지만 손진경이 백화점에서 큰돈을 쓰는 VIP 고객 관리에 집중하는 전략을 사용한 덕분에 동화백화점의 매출은 반등했다.

이대로라면 올해 최소 20억 이상 흑자를 낼 수 있었다.

그러니 손진경이 시험에서 오빠인 손진수를 이긴 셈이었다.

하지만 손진경은 웃을 수 없었다.

아버지가 선언했던 것과 달리 결국 오빠인 손진수에게 동화그룹의 지배권을 넘길 것임을 알고 있어서였다.

'장자 승계라는 후계 구도에 대한 아버지의 생각이 바뀔 정도로 오빠와의 격차를 더 크게 벌려야 해.'

신사업.

그 목표를 이루기 위해서 손진경이 찾아낸 해법이었다.

아버지가 맡긴 백화점 경영에서 그치지 않고, 새로운 사업 분야를 개척해서 뚜렷한 성과를 낸다면?

무능한 오빠와의 격차를 더 크게 벌릴 수 있을 것이었다.

그렇지만 아직 새로운 사업을 찾지 못했다는 점이 문제였다.

직접 엄선해서 뽑은 직원들이 신사업 후보들을 계속 찾아내고 있었지만, '이거다' 싶은 것은 아직 찾지 못한 상태였다.

그로 인해 계속 고민하며 걸음을 옮기던 손진경이 소란스러운 것을 발견하고 상념에서 깨어났다.

"무슨 일인지 알아보겠습니다."

비서가 나서려 했지만, 손진경은 손을 들어 비서를 제지했다.

"내가 직접 알아보지."

우르르 몰려들어 구경하고 있는 사람들 틈에 손진경도 섞였다. 그리고 상황을 파악하는 데는 오래 걸리지 않았다.

*　　　　*　　　　*

"허위 사실로 계속 직원들을 핍박하는 것은 명예 훼손죄에 해당됩니다. 계속 소란을 일으키시면 경찰을 부르겠습니다."

"매니저까지 나서서 험담한 직원들을 감싸고 오히려 동화백화점을 찾은 손님을 핍박하시겠다? 진짜 형편없네."

"증거도 없이……"

"증거가 있으면? 저 여직원들이 험담했다는 게 사실이란 증거가 있으면 어떻게 할 겁니까?"

팽팽하게 대치하고 있는 매니저와 젊은 남자를 지켜보던 손진경이 미간을 찌푸렸다.

누구의 말이 사실이냐 여부를 떠나서 백화점 내에서 이렇게 큰 소란이 일어난 것.

직원들의 대처에 문제가 있다는 의미였다.

그래서 손진경이 상황을 수습하기 위해서 더 기다리지 않고 직접 나섰다.

"그때는 내가 직접 사과를 드리죠."

"사장님."

손진경을 알아본 매니저 정동구가 구십 도로 고개를 숙였다.

그렇지만 손진경은 매니저 정동구에게는 시선도 주지 않고, 젊은 사내에게 시선을 고정했다.

'당당하네.'

동화백화점 대표인 자신이 갑자기 등장했음에도 젊은 사내는 당당한 태도를 견지하고 있었다.

그 모습이 무척 인상적이란 생각을 하며 손진경이 다시 입을 뗐다.

"동화백화점 대표 이사직을 맡고 있는 손진경이에요. 아까도 말했듯 그쪽이 증거를 갖고 있다면 대표인 내가 직접 사과를 하죠. 하지만 증거를 내놓지 못할 경우에는 동화백화점의 명예를 훼손한 것에 대한 책임을 져야 할 거예요."

손진경이 책임을 져야 한다고 강조한 순간, 젊은 사내가 시선을 피하지 않은 채 말했다.

"고객님."

"네?"

"그쪽이 아니라 고객님이라고 불러야죠."

"……?"

"그리고 그쪽 사과만 듣고 끝내기에는 판이 너무 커져 버렸네요. 책임자와 직원들에 대한 징계도 약속하시죠."

'손진경?'

내가 재빨리 기억을 더듬었다.

그렇지만 손진경이란 이름은 내 기억 속에 없었다.

'망했나 보군.'

손진경은 삼십 대 중반의 미인이었다.

본인의 능력으로 동화백화점 대표에 올랐을 리는 없었으니, 동화그룹 회장의 자식일 가능성이 높았다. 그리고 동화그룹은 2020년에 존재하지 않았다.

그로 인해 내가 손진경에 대한 기억을 떠올리는 데 실패한 순간이었다.

"약속드리죠. 그럼 고객님, 이제 증거를 보여 주시죠."

손진경이 불쾌한 기색 없이 '그쪽'에서 '고객님'으로 호칭을 변경하며 내게 증거를 보여 달라고 재촉했다.

그 재촉을 들은 내가 벽돌폰을 꺼냈다.

비록 내 눈에는 촌스럽고 불편한 벽돌폰이었지만, 엄연한 최신 휴대폰이었다.

그래서 녹음 기능을 갖추고 있었다. 그리고 난 이런 전개를 예측했기에 아까 여직원들이 험담할 때 녹음을 해 두었다.

―벌써 몇 번째야? 어차피 사지도 못할 거면서 왜 저렇게 입어
보는 거야?

―내 말이. 딱 봐도 없어 보이는구만.

―돈 없으면 백화점에 오질 말 것이지.

―쫓아낼 수도 없고, 진심 짜증 난다.

벽돌폰에서 흘러나오는 목소리가 본인들의 목소리임을 알
아챈 여직원들의 낯빛이 창백하게 질렸다.

더 발뺌할 수 없다는 사실을 알아챈 여직원들이 고개를 숙
였다.

"죄, 죄송합니다."

"잘못했습니다."

뒤늦게 사과하는 여직원들의 앞으로 다가간 내가 가방을
열었다.

만 원권 지폐 뭉치들이 가득 들어 있는 가방을 열어서 보여
주며 내가 말했다.

"돈, 있습니다."

역시 사색이 된 정동구를 스윽 훑어본 내가 손진경의 앞으
로 다가갔다.

"자, 약속대로 사과하시죠."

"우리 직원들이… 아주 큰 실수를 했네요."

"징계는요?"

"징계 처분을 내리겠다는 약속도… 지키죠."

손진경이 사과와 일벌백계를 약속하고 나서야 내가 몸을 돌렸다.

"엄마, 누나, 옷은 다른 데서 사시죠. 백화점이 여기만 있는 것은 아니니까요"

＊　　　　＊　　　　＊

신은하와의 약속 장소는 이번에도 어선재였다.

내가 어선재 앞에 도착하자, 신은하의 매니저인 황철순이 놀란 표정으로 날 바라보았다.

"왜 그렇게 보십니까?"

"제가 알던 분이 아닌 것 같아서요."

저번과 달리 백화점에서 구입한 캐주얼 정장을 입고 나타났기에 황철순이 이런 반응을 보이는 것이었다.

옷이 날개라는 말이 괜히 있는 것이 아니었다.

"같은 사람 맞습니다."

"혹시 배우 일을 해 볼 생각 없습니까?"

"말씀은 감사하지만, 생각 없습니다."

"아쉽네요."

황철순이 아쉬운 기색을 드러낸 후 앞장섰다.

잠시 후, 난 어선재 특실에서 신은하를 만났다.

내가 맞은편에 앉자마자 신은하가 두 눈을 빛내며 말했다.

"확실히 멋있어."

"옷이 날개죠."

"옷 때문이 아냐. 동화백화점 손진경 대표 앞에서도 당당하게 할 말 다 하고 기어이 사과까지 받아 내는 남자라서 멋있는 거야."

신은하는 웃으며 말했지만, 난 표정을 딱딱하게 굳혔다.

"어떻게… 아셨습니까?"

"다 아는 수가 있어."

"혹시… 미행이라도 붙이신 겁니까?"

"미행? 에이, 그렇게 대단한 것 아니거든. 매니저 오빠가 동화백화점 들렀다가 우연히 그 모습을 목격하고 알려 줬어."

"……?"

"진짜야. 동화백화점 광고 모델 제의가 들어와서 찾아갔다가 우연히 본 거거든. 어쨌든 진우 너랑 친구 하길 잘한 것 같아. 너랑 친하게 지내면 앞으로도 계속 재밌는 일이 생길 것 같아."

'역시 위험해.'

나와 같은 회귀자인 신은하에 대한 경계를 절대 늦추면 안 된다는 생각을 속으로 하며 내가 물었다.

"동화백화점 광고 모델, 맡으실 겁니까?"

"아직 결정 안 했어. 그런데 맡을 가능성이 높아."

"왜요?"

"광고 모델료를 많이 준다고 약속했거든. 야, 그런 눈으로 보지 마. 내가 너무 속물 같잖아. 그리고 꼭 광고 모델료 때문만은 아냐. 손진경 대표가 무척 적극적으로 구애하고 있거든. 동화백화점의 이미지와 내 고급스러운 외모가 어울린다나 뭐라나. 내가 이런 사람이야. 나랑 친구하길 잘했지?"

이 질문이 대한 대답은 보류했다.

신은하와 친구가 된 것이 호재인지 악재인지는 시간이 더 흘러 봐야 알 수 있을 테니까.

"지난번에 제가 했던 부탁이나 들어주시죠."

"부탁? 무슨 부탁?"

"친구를 소개해 달라고 부탁했던 것 말입니다."

"그래서 친구하기로 했잖아. 우리… 친구 아니었어?"

남 주인공에게 버림받은 비련의 여주인공처럼 슬픈 표정을 지은 채 날 바라보는 신은하는 역시 위험했다.

"연기는 촬영장에서 하시죠."

"헐."

"다다익선. 친구는 많을수록 좋죠. 그래서 부탁하는 겁니다."

"어떤 여배우와 친해지고 싶은데?"

"여배우 아닙니다."

"응?"

"남자입니다. 혹시 신대섭이란 분과 친분이 있습니까?"

"신대섭?"

내가 신대섭을 알고 있느냐고 묻자, 신은하가 깜짝 놀랐다.

"진우, 네가 대섭 오빠를 어떻게 알아?"

'다행히 알고 있네.'

회귀자인 신은하가 무척 위험하다고 판단하면서도 내가 그녀와 친구가 된 이유.

그녀의 인맥을 최대한 활용하기 위해서였다.

"소문을 들었습니다."

"대섭 오빠, 아니, 이제는 신 대표님이라고 불러야 하는구나. 그런데 신 대표님에 대해서 무슨 소문을 들었는데?"

'신 대표?'

신은하의 이야기를 듣던 도중 내가 슬쩍 눈살을 찌푸렸다.

방금 그녀가 꺼낸 이야기를 통해서 신대섭이 이미 회사를 설립했다는 사실을 알 수 있었기 때문이었다.

'신패밀리'.

내가 기억하고 있는 신대섭이 세운 회사명이었다.

'너무… 늦었나?'

"대단히 능력 있는 매니저란 소문을 들었습니다."

잠시 후 내가 대답하자, 신은하가 고개를 끄덕였다.

"능력 있는 매니저인 것은 맞아. 그런데 너무 강한 사람을 적으로 뒀어. 그래서 머잖아 망할 거야."

　　　　*　　　　　*　　　　　*

뚜우우, 뚜우우.

"받아라, 제발 받아라."

신대섭이 간절한 목소리로 중얼거리는 사이에도 무심한 신
호음은 계속 이어졌다.

이번에도 역시 안 받는다는 생각에 신대섭이 실망했을 때
였다.

—…여보세요.

수화기 너머에서 낯익은 목소리가 들려왔다.

"강희야!"

—네, 오빠.

"이강희, 너 왜 이렇게 전화를 안 받아?"

—미안해서요. 너무 미안해서 오빠 전화를 못 받았어요.

이강희에게 단단히 화가 나 있었는데.

그녀의 목소리를 듣는 순간, 신대섭의 화는 눈 녹듯 사라졌
다.

"됐다. 괜찮은 것 확인했으니 됐다."

—오빠, 이제 어쩔 거예요?

"내 걱정은 하지 마."

—하지만……

"네가 괜찮은 것 확인했으니 됐다. 그리고 나한테 미안해할 것 없어. 정 대표 때문이란 것, 다 알고 있으니까."

—오빠, 진짜… 진짜 미안해요.

이강희가 흐느끼기 시작했다.

더 듣고 있다가는 같이 울음이 터질 것 같아서 신대섭이 서둘러 말했다.

"끊는다. 꼭 성공해라."

신대섭이 통화를 마친 후 벌떡 일어났다.

"개자식."

맨정신으로는 도저히 버티기 힘들었다.

외투를 챙긴 신대섭이 서둘러 사무실을 빠져나갔다.

*　　　　*　　　　*

'왜… 다르지?'

신은하와 나의 공통점.

회귀를 했다는 것이었다.

그래서 나와 신은하는 미래를 알고 있었다.

그런데 나와 신은하가 알고 있는 미래가 달랐다.

'신패밀리'.

신대섭이 설립한 연예 기획사였다. 그리고 내 기억 속 '신패밀리'는 승승장구하며 대한민국을 대표하는 연예 기획사로 자리매김했다.

그렇지만 신은하의 기억은 달랐다.

그녀는 신대섭이 세운 연예 기획사인 '신패밀리'가 머잖아 망할 거라고 말했다.

같은 회귀자임에도 불구하고, 그녀와 나의 기억이 다르다는 사실로 인해 내가 무척 당황했을 때였다.

"진우야."

어느새 취기가 오른 신은하가 은근한 목소리로 날 불렀다.

"나한테 신기(神氣)가 있어."

"신기… 요?"

"그래. 덕분에 내가 미래를 살짝 예측할 수 있는데, 대섭 오빠 결국 성공한다."

술잔을 들어 입으로 가져가던 내가 멈칫하며 다시 내려놓았다.

"어때? 내가 더 매력적으로 느껴지지 않아?"

신은하가 턱을 손으로 괸 채 고혹적인 미소를 지었다.

'예쁘긴 하네.'

내 심장 박동이 일순 빨라졌을 정도로 신은하는 예뻤다.

다른 남자들이라면 이런 신은하의 유혹에 열이면 열, 버티지 못하고 넘어가리라.

그러나 나는 달랐다.

신은하가 아무리 날 유혹해도 절대 넘어가지 않는다.

그녀가 회귀자라는 사실을 잘 알고 있기 때문이었다.

같은 회귀자란 이유로 경계심부터 드는데 그녀의 매력이 제대로 느껴질 리 없다.

'신기는 개뿔.'

내가 속으로 코웃음을 쳤다.

신은하는 신기가 있어서 미래를 예측할 수 있다고 말했지만, 난 그게 거짓말이라는 것을 알고 있다.

회귀자이기 때문에 미래를 알고 있는 것이었다.

'결국 성공한다고?'

잠시 후, 내가 두 눈을 빛냈다.

신대섭의 미래에 대한 신은하의 예측을 듣고 난 후, 퍼뜩 떠오른 생각이 있어서였다.

"아까 신 대표라고 불러야 한다고 했으니까, 신대섭 씨는 회사를 세운 겁니까?"

"응, 연예 기획사를 차렸어."

"그 연예 기획사의 이름이 뭡니까?"

"블루윈드."

'달라.'

내가 기억하는 신대섭이 세운 연예 기획사의 이름은 '블루윈드'가 아니었다.

내 기억 속 신대섭이 세운 연예 기획사의 이름은 '신패밀리'였다.

'이제 알겠네.'

나와 신은하가 알고 있는 미래가 다른 것이 아니었다.

신대섭이 연예 기획사 대표로 성공하는 과정에서 차이가 발생한 것이었다.

'블루윈드'를 세워서 실패를 경험했던 신대섭이 재기에 성공해서 세운 곳이 '신패밀리'였다.

*　　　　　*　　　　　*

'만약 내가 돕는다면?'

신대섭의 미래는 또 바뀔 수 있었다.

연예 기획사 '신패밀리'가 아닌 '블루윈드' 대표로서 성공을 거둘 수 있는 것이었다.

'세상이… 바뀐다.'

술잔을 들어 입으로 가져가던 내가 떠올린 생각이었다.

또 다른 회귀자인 나의 등장으로 인해 세상은 바뀔 수 있었다.

원래라면 심대평이 제작했던 영화인 '텔 미 에브리씽'의 제작자가 나와 이현주로 바뀐 것이 그 증거였다.

단순히 제작자만 바뀐 것이 아니었다.

연출을 맡은 감독도 바뀌었고, '텔 미 에브리씽'의 개봉 시기도 훨씬 앞당겨질 가능성이 높았다.

그뿐이 아니었다.

'텔 미 에브리씽'의 개봉 시기가 바뀌며 동시기에 개봉하는 영화들의 흥행 스코어도 바뀌게 되면 많은 사람들의 운명에도 영향을 미칠 수 있었다.

거기까지 생각이 미친 내가 신은하에게 물었다.

"아까 신대섭 씨가 능력 있는 매니저이긴 하지만, 너무 강한 적을 뒀기 때문에 실패할 거라고 말씀하셨죠?"

"응? 응."

"그 강한 적이 대체 누굽니까?"

"정종수 대표."

'정종수가 누구지?'

내가 재빨리 기억을 더듬을 때, 신은하가 설명을 더했다.

"우리 대표님이야."

신은하의 현 소속사는 '골든 키 스튜디오'였다. 그리고 정종수는 '골든 키 스튜디오'의 대표였다.

"정종수 대표와 신대섭 씨의 관계는 어떻게 됩니까?"

"얼마 전까지만 해도 한배를 탄 친구 사이였지만, 지금은 경쟁자가 됐지."

"경쟁자?"

"대섭 오빠가 '골든 키 스튜디오' 실장에서 물러나고, '블루 윈드'라는 연예 기획사를 세워서 독립했거든. 그 과정에서 대섭 오빠를 믿고 따르던 '골든 키 스튜디오' 소속 배우들이 '블루윈드'로 꽤 옮겨 갔어."

친구에서 경쟁자로 바뀌었다는 신은하의 설명을 이해했을 때였다.

"그런데 우리 대표님, 아주 무서운 분이야. 친구에게는 다정하지만, 경쟁자가 되면 절대 자비를 베풀지 않거든. 그래서 아까 대섭 오빠가 세운 '블루윈드'가 머잖아 망할 거라고 예상했던 것이고."

"좀 더 자세히 설명해 주시죠."

"그건 어렵지 않은데……."

신은하가 술잔을 비운 후 화제를 돌렸다.

"진우, 넌 대체 왜 대섭 오빠에게 이렇게 관심이 많은 거야?"

신은하가 던지고 있는 의심 가득한 시선이 부담스러웠다.

적당히 둘러대는 것으로는 신은하를 속이는 것이 불가능하다고 판단한 내가 이유를 밝혔다.

"연예 기획사에 관심이 있습니다."

"누가? 진우, 네가?"

"네."

"하지만 넌 영화 제작자잖아."

"현재는 그렇죠."

"그리고 곧 대학도 입학해야 하고."

"공부에는 뜻이 없습니다."

"한국대 법학과에 입학했으면서 공부에 뜻이 없다고?"

신은하가 황당한 표정을 지은 채 날 바라보았다.

그렇지만 사실이었다.

수능 만점을 받은 덕분에 한국대 법학과에 합격했지만, 죽어라 공부만 할 생각은 없었다.

컬처 크리에이터라는 내 꿈을 이루기 위해서는 최대한 빨리 기반을 구축해야 했기 때문이었다.

"이제 이유를 밝혔으니 아까 하던 설명을 마저 해 주시죠."

"이강희, 알아?"

"당연히 알고 있습니다."

비록 신은하만큼은 아니지만, 이강희도 최근 주가가 치솟고 있는 여배우였다.

활동 영역은 주로 TV 드라마.

그녀는 보호 본능을 일으키는 가녀린 외모와 빼어난 연기력으로 남성 팬들을 다수 확보하고 있었다.

"이강희가 '골든 키 스튜디오' 소속이었는데, 이번에 '블루윈드'로 소속사를 옮겼어. 강희가 대섭 오빠를 무척 믿고 따랐거든. 그런데 그게 함정이었어."

"함정…이었다니요?"

"강희를 '블루윈드'로 데려가기 위해서 대섭 오빠는 거액의 위약금까지 떠안았어. 들리는 소문으로는 강희를 강우식 감독이 연출하는 신작 영화에 주연으로 출연시키는 것을 이미 약속받았었대. 강우식 감독은 흥행 감독이니까 강희가 영화에 출연해서 흥행만 하면 광고를 찍어서 지불한 위약금을 회수하고도 남을 거다. 그리고 강희를 '블루윈드'의 대표 배우로 키울 수 있다. 대섭 오빠는 이렇게 판단했던 것 같아. 그런데 문제가 생겼어."

"어떤 문제가 생겼습니까?"

"강희가 강우식 감독의 신작 영화에 주연으로 출연하는 것을 거절한 거야."

"거절한 이유는요?"

"약점을 잡힌 것 같아."

"약점… 이라면?"

"정확히 어떤 약점인지는 나도 몰라. 그렇지만 우리 대표님이 강희의 약점을 손에 쥐고 있는 것은 분명해. 그 약점을 이용해서 강희를 협박했고, 그 약점이 공개될까 봐 겁을 먹었기 때문에 강희가 강우식 감독의 신작 영화에 주연으로 출연하는 것을 거절하고 잠적해 버린 거야. 그로 인해 가장 곤란해진 게 대섭 오빠야. 강희를 '블루윈드'로 데려오느라 거액의 위약금을 물어 줬기 때문에 자금이 바닥난 상태인데, 기획사로 들어올 수입은 없는 거지. 이제 내가 우리 대표님이 무서운 분이라고 말했던 게 실감이 나?"

신은하의 말처럼 '골든 키 스튜디오'의 정종수 대표가 무서운 사람은 아니었다.

치졸한 인간이라고 표현하는 것이 옳았다.

"양아치네요."

"응?"

"정종수 대표, 양아치라고요."

술잔을 비운 내가 신은하에게 물었다.

"어디로 가면 신대섭 씨를 만날 수 있을까요?"

"지금 대섭 오빠를 만나겠다고?"

"네. 신은하 씨의 말대로라면 지금 무척 심란할 테니 술 한 잔 사 주려고요."

"……?"

"겸사겸사 사업 얘기도 좀 하고요."

"그래서… 지금 날 버리고 대섭 오빠를 선택하겠다는 뜻이 야?"

신은하가 금방이라도 눈물을 쏟아 낼 것처럼 슬픈 눈망울로 날 바라보며 물었다.

"네."

"와, 너무한다."

신은하는 서운한 듯 입술을 삐죽이면서도 신대섭의 휴대전화 번호를 알려 주었다.

"잘 마셨습니다."

짤막한 작별 인사를 건네고 특실을 빠져나가려던 내가 멈칫 하며 신은하에게 고개를 돌렸다.

"왜? 마음이 변했어? 그래서 대섭 오빠가 아니라 날 선택하기로 한 거야?"

"아니요. 하나 더 궁금한 게 있습니다."

"또 뭔데?"

"혹시 신은하 씨도 약점을 잡혔습니까?"

"응?"

"이강희 씨와 마찬가지로 신은하 씨도 소속사 대표에게 약점을 잡혀서 '블루윈드'로 적을 옮기지 못했던 겁니까?"

"그건 아냐."

"아까 신은하 씨는 신대섭 씨가 무척 능력 있는 매니저라고 인정했습니다. 그런데도 '블루윈드'로 적을 옮기지 않았던 이유가 무엇입니까?"

신은하가 생긋 웃으며 대답했다.

"아직은 적당한 때가 아니라고 생각했거든."

*　　　　*　　　　*

"왜 벌써 나오시는 겁니까?"

내가 어선재에서 빠져나오는 것을 발견한 황철순이 앞으로 다가오며 물었다.

"급히 만나야 할 사람이 생겨서요."

"은하와 함께 술을 마시다가 먼저 일어날 정도로 급히 만나야 할 사람이 생겼다? 누군지 궁금하네요."

"신대섭 씨를 만나려고 합니다."

원래라면 대답하지 않았을 것이었다.

그렇지만 신대섭은 얼마 전까지 '골든 키 스튜디오'의 실장
으로 일했었다.

황철순 역시 신대섭에 대해서 알고 있을 거란 생각이 들어
서 꺼낸 대답.

"방금 누구라고 했습니까?"

예상대로 황철순은 신대섭의 이름을 듣고 놀란 표정을 지
었다.

"'블루윈드' 대표인 신대섭 씨를 만나려고 합니다."

"무슨 일로 대섭 선배를 만나려는 겁니까?"

"술 한잔 사 주려고요."

"네?"

"은하 씨에게 듣기로는 요즘 신대섭 씨가 곤란한 상황에 처
했다고 하더라고요. 그래서 술 한잔 대접하려고 합니다."

"원래 대섭 선배를 알고 계셨던 겁니까?"

"조금 인연이 있었습니다."

지난 생에 영화 제작자로 일할 당시, 배우 캐스팅을 위해서
'신패밀리'를 찾아갔던 적이 있었다.

당시 신대섭과 마주 앉아서 차 한잔 마셨던 적이 있으니,
아주 인연이 없는 것은 아니었다.

그래서 내가 인연이 있었다고 대답하자, 황철순이 부탁했다.

"잠시만 기다려 주십시오."

주차된 차로 향했던 황철순은 잠시 후 봉투 하나를 들고 돌아왔다.

"신봉역 근처에 포장마차촌이 있습니다. 대섭 선배는 거기 있을 겁니다."

"그걸 어떻게 알고 계십니까?"

"실은 아까 대섭 선배에게서 전화가 걸려 왔습니다. 시간 괜찮으면 같이 술 한잔하자고요. 그런데 지금 제가 대섭 선배를 만나면 서로 곤란해질 수도 있습니다. 그래서 참석하지 못하게 됐으니, 이걸 저 대신 좀 전해 주십시오."

황철순이 내게 봉투를 내밀었다.

'돈인가 보네.'

"이 봉투는 제가 대신 전하겠습니다."

그 봉투를 건네받은 내가 물었다.

"혹시 따로 전하고 싶으신 말씀은 없습니까?"

황철순이 잠시 고민한 후 대답했다.

"존경한다고 전해 주십시오."

*   *   *

"인생 잘 살았나 보네."

신봉역 인근 포장마차촌에 도착한 내 입가에 미소가 번졌다.

같은 일을 하는 동료이자 후배인 황철순에게 존경을 얻었다는 것.

신대섭이 그동안 꽤나 괜찮은 삶을 살았다는 증거였다.

"어디 있으려나?"

신대섭의 휴대 전화 번호를 알고 있기에 전화를 걸어 보려다가 그냥 포장마차들을 하나씩 뒤지기 시작했다. 그리고 얼마 지나지 않아 구석 테이블에 혼자 앉아서 술을 마시고 있는 신대섭을 발견하는 데 성공했다.

"사장님, 뜨끈한 우동 한 그릇하고 소주 한 병만 부탁드립니다."

"네."

우동 한 그릇을 시킨 후 난 소주잔 하나를 챙겨서 신대섭이 앉아 있는 테이블 앞으로 다가갔다.

"합석해도 될까요?"

내 존재를 뒤늦게 알아챈 신대섭이 고개를 들었다.

포장마차 안에 빈 테이블이 많다는 사실을 간파한 후, 신대섭이 합석을 요구한 내게 의아한 시선을 던졌다.

"누구십니까?"

"영화 제작사 레볼루션 필름 대표 서진우라고 합니다."

내가 명함을 건네며 신분을 밝혔다.

명함을 받아서 살피고 있는 신대섭에게 내가 덧붙였다.

"현재 레볼루션 필름에서 '텔 미 에브리씽'이란 작품을 제작 중입니다. 그리고 신은하 씨가 '텔 미 에브리씽'에 여주인공으로 출연하기로 했습니다."

"은하가요?"

"네, 그 과정에서 신은하 씨와 친분을 맺었고, 신대섭 씨에 관한 이야기를 들었습니다."

"은하가 내 얘기를 그쪽에게 했다? 뭐라고 하던가요?"

"능력 있는 매니저였다고 말했습니다."

"말이라도 고맙네요."

신대섭의 입가에 처음으로 미소가 떠올랐을 때, 내가 물었다.

"이제 앉아도 될까요?"

"아, 네. 앉으시죠."

"일단 이거 받으십시오."

황철순이 신대섭에게 전해 달라고 부탁했던 봉투를 정장 안주머니에서 꺼내 탁자 위에 올려놓았다.

"이게 뭡니까?"

"제가 신대섭 씨를 만나러 찾아간다고 했더니 신은하 씨 매니저인 황철순 씨가 전해 달라고 했습니다."

"철순이가요?"

"네."

신대섭이 손을 뻗어 봉투를 잡았다.

봉투를 벌려서 내용물을 살피던 신대섭의 눈이 커졌을 때, 내가 덧붙였다.

"그리고 존경한다고 전해 달라 부탁했습니다."

"철순이가… 그런 말을 했습니까?"

"네. 그리고 신대섭 씨를 무척 걱정하는 기색이었습니다."

"생긴 게 우락부락하긴 해도 원체 정이 많은 녀석입니다. 돈도 없는 녀석이 뭘 이렇게 많이 넣었는지."

'역시 돈이 맞았네.'

내 예상대로 황철순이 건넨 봉투 속에 들어 있었던 것은 돈이 맞았다.

정확한 액수까지는 알 수 없었지만, 신대섭의 반응을 보아하니 꽤 액수가 큰 듯 보였다.

신대섭의 반응을 유심히 살피던 내가 소주병을 들어서 그의 앞에 놓여 있던 빈 잔을 채우고 내 잔도 채웠다.

"신대섭 씨가 처해 있는 상황에 대해서는 신은하 씨에게 대충 전해 들었습니다. 주제넘은 질문일 수도 있지만, 앞으로 어떻게 하실 생각이십니까?"

"이 바닥을 떠날 생각입니다."

이미 결심을 굳힌 듯 신대섭이 바로 대답했다.

"이유는요?"

"가진 능력에 비해 욕심이 너무 과했습니다. 그걸 늦게나마 깨달았으니 이제라도 떠나는 게 맞다고 생각합니다."

신대섭이 담담한 목소리로 대답한 후, 잔을 들었다. 그리고 그가 술잔을 비웠을 때, 내가 말했다.

"무책임하시네요."

"왜 무책임하다고 비난하시는 겁니까?"

신대섭이 언짢은 기색을 드러내며 물었다.

"혼자 도망치려 하시니까요."

"……?"

"신대섭 씨를 믿고 '블루윈드'로 따라온 배우들은 앞으로 어떻게 되든 상관이 없는 겁니까?"

"잠시 힘들겠지만… 알아서들 잘할 겁니다. 다들 능력 있는 친구들이니까요."

"과연 그럴까요? '골든 키 스튜디오' 정종수 대표가 그들을 내버려 둘까요?"

"그건……."

"제 예상에는 정종수 대표는 본보기로라도 '블루윈드'에 소속된 배우들의 향후 방송 출연과 연예 활동을 막을 겁니다."

내 말이 끝나자마자, 신대섭이 재빨리 말했다.

"그렇게까지는 하지 않을 겁니다."

"아니요. 정종수 대표는 그렇게 하고도 남을 사람입니다. 아까 제가 본보기라는 표현을 썼었죠? 내 밑에서 일하다가 독립해서 기획사를 차리고 내 배우들을 빼 가는 것은 절대 용납하지 않겠다. 정종수 대표는 이렇게 본보기를 보여 주기 위해서라도 '블루윈드' 소속 배우들의 앞길을 끝까지 가로막을 겁니다."

여기까진 생각지 못했기 때문일까.

당황한 기색인 신대섭의 낯빛이 흙색으로 변했다.

지그시 입술을 깨물고 있던 신대섭이 휴대 전화를 들었다. 그리고 누군가에게 전화를 걸던 신대섭은 통화를 하지 못하고 휴대 전화를 다시 탁자 위에 내려놓았다.

"누구에게 전화한 겁니까?"

"정종수 대표에게 전화를 했는데 안 받네요. 내가 떠날 테니까 우리 애들 앞길은 막지 말아 달라고 부탁하려고 했는데……."

"아마 신대섭 씨의 전화를 앞으로도 안 받을 겁니다. 그리고 신대섭 씨가 찾아가더라도 만나 주지 않을 겁니다. 정종수 대표는 이미 결심을 굳혔을 테니까요."

"아아!"

신대섭이 양손으로 머리를 움켜쥐었다.

'블루윈드'를 폐업하고 이 바닥을 떠나겠다는 결정을 내리는 것.

결코 쉽지 않았을 것이었다.

그런데 자신이 이 바닥을 떠나는 것으로 다 끝나는 게 아님을 깨닫고 신대섭은 괴로워하고 있었다.

"이제 어떻게 해야 하지?"

신대섭이 혼란스러운 표정으로 혼잣말을 꺼냈다.

'이래서 인망을 얻었구나.'

그런 신대섭을 바라보던 내가 속으로 생각했다.

미련 없이 이 바닥을 떠나겠다고 결심했던 신대섭이었는데 '블루윈드' 소속 배우들이 곤란한 상황에 처하게 될 거란 이야기를 듣고 난 후 그는 무척 괴로워하고 있었다.

이런 모습 때문에 신대섭을 믿고 따르는 배우들이 많았으리라.

"도망치지 말고 책임지셔야죠."

잠시 후, 내가 말했다.

"저도 책임지고 싶습니다. 그런데… 방법이 없지 않습니까?"

"해결책이 없는 문제는 거의 없습니다. 제가 해결책을 알려 드릴까요?"

"해결책을 알고 있다고요?"

"네."

"어디 한번 말씀해 보시죠."

신대섭이 반신반의하는 표정으로 부탁했다.

"복잡해 보이는 문제일수록 해결책은 의외로 간단합니다. '골든 키 스튜디오' 정종수 대표가 감히 건드릴 엄두도 내지 못할 정도로 '블루윈드'를 성장시키면 됩니다."

내 이야기에 귀를 기울이고 있던 신대섭의 표정이 일그러졌다.

"그게 가능할 거라고 생각합니까?"

내가 대단한 해법을 제시하길 기대했던 신대섭은 실망한 기색이 역력했다. 그렇지만 나는 아랑곳하지 않고 반문했다.

"안 될 건 뭐가 있습니까?"

"지금 회사 상황을 몰라서 그런 말을……."

"알고 있습니다."

"……?"

"그래서 제가 신대섭 씨에게 제안을 하나 드리려고 합니다."

"어떤 제안입니까?"

"제가 자금을 투자하겠습니다."

*   *   *

쪼르륵.

신대섭이 소주병을 들어 빈 잔을 채웠다.

"꼭 귀신에 홀린 느낌이네."

소주잔을 매만지던 신대섭이 혼잣말을 꺼냈다.

불쑥 나타나서 합석했던 서진우는 돌연 투자 제의를 했다.

솔직히 말하면 서진우의 투자 제안이 반가웠다.

한 푼이 아쉬운 상황이었으니까.

그렇지만 투자 제안을 덥석 받아들이기에는 양심에 걸렸다.

그래서 신대섭이 다 망해 가는 회사에 투자하려는 이유에 대해서 묻자, 서진우는 이렇게 대답했다.

"저 부잣집 아들 아닙니다. 돈이 썩을 정도로 넘쳐 나서 '블루 윈드'에 투자하려는 게 아닙니다. 돈 벌려고 투자하는 겁니다. 신대섭 씨의 능력과 가능성을 믿거든요."

그 대답을 듣고서 황당했다.

오늘 처음 만났는데, 서진우는 마치 자신을 잘 알고 있는 것처럼 얘기했으니까.

그 말을 끝으로 서진우는 일어섰다.

왜 갑자기 일어서냐는 신대섭의 질문에 서진우가 꺼냈던 대답은 걸작이었다.

더 늦으면 부모님이 걱정한다고 대답했으니까.

"대체… 정체가 뭐야?"

소주잔을 들어서 단숨에 비우고 내려놓던 신대섭의 시선이 탁자 위에 놓여 있던 봉투에 닿았다.

그 봉투를 물끄러미 바라보던 신대섭이 휴대 전화를 꺼냈다.

서진우에 대해서 좀 더 알고 싶었다.

아까 서진우는 신은하를 통해 자신에 대한 이야기를 들었다고 말했었다.

그렇다면 신은하는 서진우에 대해서도 잘 알고 있을 터.

하지만 신대섭은 선뜻 통화 버튼을 누르지 못하고 망설였다.

신은하가 자신을 만났다는 사실을 정종수 대표가 알게 된다면, 그녀에게도 불똥이 튀지 않을까 하는 우려가 있어서였다.

그렇지만 계속 망설이고만 있기에는 지금 상황이 너무 급했다.

뚜우우, 뚜우우.

결국 신대섭이 통화 버튼을 눌렀다.

"선배님."

잠시 후 황철순이 전화를 받았다.

"이 돈, 왜 보냈어?"

"서진우 씨를 만나셨나 보군요. 많이 못 넣어서 죄송합니다. 식사 거르지 마세요."

"새끼, 내가 밥 사 먹을 돈도 없을까 봐?"

울컥하고 치미는 감정을 신대섭이 간신히 눌렀다.

봉투 속에 들어 있던 돈은 이십만 원.

매니저 월급이 쥐꼬리만 한 것을 감안하면 큰돈이었다.

그 사실을 누구보다 잘 알고 있기에 신대섭이 황철순의 호의에 울컥한 것이었다.

"철순아."

"네, 선배님."

"부탁 하나만 하자."

"말씀하십시오."

"은하를… 한번 만날 수 있을까? 잠깐이면 돼."

"진짜 잠깐이면 됩니까?"

"그래."

"지금 바로 어선재로 오세요."

"어선재로? 알았다. 택시 타고 바로 넘어갈게."

신대섭이 통화를 마치자마자 포장마차를 빠져나갔다.

*　　　　*　　　　*

"선배님, 오셨습니까?"

신대섭이 택시에서 내리자마자, 기다리고 있던 황철순이 인사를 건넸다

"어려운 부탁해서 미안하다."

"괜찮습니다. 은하는 특실에 있습니다."

"알았다. 십 분이면 돼."

신대섭이 서둘러 어선재 안으로 들어갔다. 그리고 특실의 문을 열고 들어가자, 신은하가 웃으며 맞이했다.

"대섭 오빠, 오랜만이에요."

"그래. 좋아 보여서 다행이네."

"앉으세요. 갈증 나실 것 같아서 생맥주 한 잔 시켜 놨어요."

"고맙다."

신은하의 말처럼 갈증이 났다. 그래서 생맥주를 벌컥벌컥 마시고 잔을 내려놓았을 때, 신은하가 말했다.

"진우가 오빠한테 무슨 얘길 했어요?"

"진우?"

"아, 우리 친구 하기로 했어요. 진우가 나이가 어려서 조금 손해 보는 느낌이긴 한데, 그래도 계속 친하게 지내고 싶어서 그냥 내가 손해 좀 보기로 했어요."

"서진우 대표, 나이가 몇 살인데?"

"이번에 대학 입학한다고 했어요."

"뭐?"

신대섭이 크게 당황했다.

앳돼 보이는 얼굴을 통해 나이가 많지 않을 거라고 짐작했다.

그렇지만 예비 대학생일 거라고는 예상치 못했기 때문이었다.

'그래서 그런 말을 했던 거구나.'

비로소 너무 늦으면 부모님이 걱정한다고 말하면서 서진우가 먼저 일어섰던 것이 이해가 갔을 때였다.

"오빠, 요새 많이 힘들죠?"

신은하가 걱정스러운 표정으로 물었다.

"솔직히 좀 힘들긴 해."

"오빠가 너무 순진했어요."

"응?"

"우리 대표님이 이렇게 나올 것을 예상 못 했어요?"

"그게……."

신대섭이 한숨을 내쉬었다.

그래도 한때 한솥밥을 먹던 사이.

해서 정종수 대표가 이렇게까지 치사하게 나올 줄은 예상치 못했고, 그것이 자신의 실수였다.

'아직 끝이 아닐 수도 있어.'

신대섭의 한숨이 깊어졌다.

서진우는 본보기 차원에서 정종수 대표가 '블루윈드' 소속 배우들의 앞길을 끝까지 가로막을 거라고 예측했다.

처음 그 얘기를 들었을 때는 설마 그렇게까지야 할까 하고 생각했는데.

지금은 생각이 바뀌었다.

'그렇게 하고도 남을 사람이야.'

최악의 상황을 가정하고 움직여야 했다.

"시간이 많이 없으니까 본론만 말할게. 서진우 대표, 어떤 사람이야?"

"평범한 고등학생은 아니에요. 특별한 구석이 있어요."

"특별한 구석?"

"자신감이 있고 추진력도 있어요. 또 사람을 끌어들이는 매력이 있어요. 유니버스 필름 이현주 대표, 대섭 오빠도 알죠?"

"응, 알고 있어."

"진우가 제작하는 '텔 미 에브리씽'이란 영화, 유니버스 필름과 공동 제작해요. 이현주 대표가 신중하고 깐깐한 성격이라는 것은 대섭 오빠도 잘 알죠? 그런 이현주 대표를 무작정 찾아가서 공동 제작자로 끌어들이는 데 성공했어요."

신대섭이 생맥주를 한 모금 마셨을 때, 신은하가 덧붙였다.

"혹시 진우가 손을 내밀었나요?"

"응? 응."

"그럼 그 손 잡으세요. 절대 손해는 안 볼 테니까요."

"하지만……."

"솔직히 말하면 나도 정종수 대표 안 좋아해요. 그래서 빨리 대섭 오빠가 성공했으면 좋겠어요."

"……?"

"그래야 나도 대섭 오빠랑 같이 일할 수 있으니까."

*　　　　*　　　　*

중식당 대륭.

쇼라인 엔터테인먼트 근처 중식당에서 '텔 미 에브리씽' 작품 투자 계약서 작성을 겸한 식사 자리가 열렸다.

"이제 서 대표만 서명하면 끝나."

샤사삭.

내가 펜을 들어서 서명을 했다.

'첫 투자 계약.'

내 서명을 끝으로 이번 생의 첫 투자 계약이 성사됐다.

'감회가 새롭네.'

서명을 마친 투자 계약서에서 난 좀처럼 시선을 떼지 못했다.

지금은 종이 쪼가리에 불과했지만, 이 종이 쪼가리가 머잖아 내게 큰돈을 벌어 줄 것을 잘 알고 있었다. 그리고 '텔 미 에브리씽'를 제작해서 벌어들인 돈은 컬처 크리에이터로서 여러 사업을 하는 과정에서 종잣돈 역할을 해 줄 것이었다.

"자, 계약을 무사히 마친 기념으로 다 같이 건배 한번 합시다."

쇼라인 엔터테인먼트 투자 팀장 엄기백이 기분 좋은 표정으로 앞에 놓인 잔을 들며 제안했다.

"'텔 미 에브리씽'의 성공을 기원하며."

엄기백 팀장이 건배사를 했다.

가볍게 잔을 부딪친 후 마신 고량주는 무척 썼다.

그 후 여러 요리들을 맛보며 몇 순배의 술잔이 돌았을 때, 엄기백 팀장이 퍼뜩 떠오른 듯 입을 뗐다.

"참, 얼마 전에 리온엔터테인먼트 박중배 팀장에게서 전화가 걸려 왔었습니다."

　그 얘기를 들은 이현주 대표가 살짝 긴장하며 물었다.

"무슨 일로 전화했었던 건가요?"

Chapter. 2

　"혹시 '텔 미 에브리씽'의 투자에 관심이 있느냐고 물었습니다. 그래서 관심이 있다고 대답했더니 내게 투자하지 말라고 하더군요."

　"그런데 왜 저희 작품에 투자를 하셨습니까?"

　"투자를 안 할 이유가 없었으니까요. '텔 미 에브리씽'은 좋은 작품이고, 흥행에 성공할 거란 확신이 있었습니다."

　엄기백 팀장이 확신에 찬 목소리로 대답한 후, 우려 섞인 표정으로 물었다.

　"혹시 박중배 팀장과 무슨 일이 있었나요?"

　"투자 협상을 하던 도중에 틀어졌습니다."

"협상이 틀어진 이유를 들을 수 있을까요?"

"박중배 팀장이 수익 배분 비율을 투자사 쪽에 좀 더 유리하게 바꾸고 싶어 했습니다. 저희가 그 제안을 받아들이지 않아서 협상이 틀어졌고요."

"그게 전부인가요?"

엄중백 팀장이 고개를 갸웃했다.

'눈치 빠르네.'

그 반응을 확인한 내가 속으로 생각했다.

투자 협상 과정에서 협상이 틀어지는 케이스는 비일비재했다.

그런데 단지 협상이 틀어졌단 이유만으로 박중배 팀장이 자신에게 직접 전화까지 걸어서 쇼라인 엔터테인먼트에서 '텔미 에브리씽'에 대한 투자를 막으려 한 것에 엄기백 팀장은 의구심을 품은 것이었다.

"저 때문입니다."

내가 솔직히 말했다.

"서 대표."

이현주가 우려 섞인 시선을 던졌지만, 난 아랑곳하지 않고 덧붙였다.

"제가 박중배 팀장에게 주제넘게 충고를 했습니다. 그로 인해 기분이 상했던 것 같습니다."

"그런 일이 있었군요."

그제야 엄중백 팀장이 납득한 표정을 지었다.

그런 그가 날 바라보며 조심스레 충고했다.

"한국 영화계에서 리온엔터테인먼트의 영향력은 무척 큽니다. 그리고 리온엔터테인먼트 투자 팀을 맡고 있는 박중배 팀장의 영향력은 절대 무시할 수 없어요. 가능하면 그와 부딪치지 마십시오."

"…알겠습니다."

내가 한 박자 늦게 대답하자, 엄기백 팀장이 굳었던 표정을 풀고 웃으며 잔을 들었다.

"괜한 이야기를 꺼내서 분위기가 가라앉았네요. 자, 다시 건배 한번 합시다."

*   *   *

엄기백과 헤어지고, 2차를 하기 위해서 찾아온 포장마차.

"얼른 한 잔 받아."

이현주 대표가 소주병을 든 채 어서 잔을 들라고 재촉했다.

"자꾸 잊으시는가 봅니다."

"내가 뭘 잊어?"

"제가 미성년자라는 것 말입니다."

"아차차, 또 깜박했네. 그래도 오늘은 한잔하자. 날이 날이니까."

쇼라인 엔터테인먼트와 투자 계약을 체결한 것을 함께 자축하자는데, 차마 거절할 수는 없었다… 는 것은 핑계일 뿐이고.

나도 소주가 마시고 싶었다.

"네, 날이 날이니까 받겠습니다."

내 잔을 받고 소주병을 건네받아 이현주 대표의 잔을 채울 때였다.

"서 대표, 나한테 솔직히 말해 봐. 아까 부글부글 끓었지?"

이현주 대표가 물었다.

'나에 대해서 많이 파악했네.'

그녀의 짐작대로였다.

리온엔터테인먼트 투자 팀장인 박중배와 가능하면 부딪치지 말라는 엄기백 팀장의 충고를 들었을 때, 기분이 팍 상했었다.

알겠다는 대답이 한 박자 늦게 튀어나온 것도 그 이유 때문이었다. 그리고 이현주는 그것을 놓치지 않았다.

"제가 잘못한 건 없으니까요. 여전히 박중배 팀장의 잘못이 더 크다고 생각합니다."

"그런데 이번엔 왜 참았어?"

"영화 제작은 해야 하니까요."

"응?"

"이 대표님 생각해서 필사적으로 참았습니다."

"하핫, 아주 잘 참았네. 덕분에 이번엔 투자 협상이 틀어지지 않았으니까. 자, 건배 한번 할까?"

"그러시죠."

서로 잔을 들어 부딪친 순간, 이현주 대표가 날 바라보며 말했다.

"좋았어."

"네?"

"서 대표와 함께했던 이번 작업, 무척 좋았다고. 그래서 하는 말인데… 다음 작품도 같이할까?"

"저도 좋았습니다."

"……?"

"이 대표님과 함께했던 이번 작업, 좋았다는 뜻입니다."

"그러니까 다음 작품도 나와 같이 하겠다는 뜻이지?"

"오히려 제가 부탁하고 싶었던 말입니다."

내가 제안을 수락하고 나서야 이현주 대표의 입가에 안도의 미소가 번졌다.

기분 좋게 술잔을 비운 이현주 대표가 다시 입을 뗐다.

"다음 작품도 '텔 미 에브리씽'과 같은 방식으로 가자."

"수익 배분 비율을 말씀하시는 겁니까?"

"시스템 말이야. 서 대표가 프리 프로덕션을 맡고, 내가 투자와 캐스팅, 그리고 후반 작업을 맡는 것, 무척 효과적이었다는 생각이 들었거든. 혹시 야구 좋아해?"

"야구는 별로 좋아하지 않지만, 한국에서 스포츠 관련 영화를 만들면 열에 아홉은 망한다는 것은 알고 있습니다."

"걱정 마. 나도 스포츠 관련 영화를 만들 생각은 전혀 없으니까. 어쨌든 난 야구를 무척 좋아해. 그리고 야구계 속설 중에 팀이 연승을 달릴 때는 아무것도 바꾸지 말란 이야기가 있어. 그래서 우리도 바꾸지 않는 편이 좋겠다. 이 말이 하고 싶었던 거야."

"이 대표님."

"응?"

"저희는 연승 행진을 달리고 있는 게 아니라 아직 경기를 해 본 적도 없습니다."

"나도 알아. 그런데 '텔 미 에브리씽'은 분명히 흥행에 성공할 거야. 제작자 이현주의 직감이 흥행할 거라고 말하고 있어."

이현주 대표가 확신에 찬 목소리로 말했다. 그리고 회귀를 한 덕분에 '텔 미 에브리씽'이 흥행할 것을 알고 있는 난 더 딴지를 거는 대신 제안을 수락했다.

"그렇게 하시죠."

"좋아. 그럼 서 대표는 이제 '텔 미 에브리씽'에서 손을 떼. 촬영부터 편집을 비롯한 후반 작업까지 전부 내가 맡을게. 절대 서 대표 실망시키지 않도록 최선을 다할 테니까 그건 걱정할 것 없고. 대신 서 대표는 다음 작품을 준비해."

"알겠습니다."

내 입장에서는 손해 볼 것이 없는 제안이었다. 그래서 이번에도 제안을 수락하자, 이현주 대표가 물었다.

"혹시 생각해 둔 작품 있어?"

'와, 성격 급하네.'

오늘 '텔 미 에브리씽'의 투자 계약을 맺었다. 그런데 계약서에 서명한 잉크가 마르기도 전인데 이현주 대표는 벌써 다음 작품에 대한 이야기를 꺼내고 있었다.

"아직 딱히 생각해 둔 작품은 없습니다."

내가 속으로 혀를 내두르며 대답하자, 이현주 대표가 머리를 긁적였다.

"하긴, 벌써 새 작품을 준비하는 게 더 이상한 일이지?"

"네."

"인정. 내가 너무 서둘렀다. 급하게 서두르지 말고 천천히 생각해 봐."

"알겠습니다."

"그나저나 손님이 너무 없네."

텅 비어 있는 포장마차 내부를 살피던 이현주 대표가 슬쩍 미간을 찌푸리며 말했다.

"경기가 어려우니까요."

"그러게. 내 주변 사람들 전부 힘들어서 죽겠다고 난리도 아니더라. 참, 서 대표 부모님은 무슨 일 하시지?"

"아버지는 중소기업 다니시고, 어머니는 전업주부이십니다."

"서 대표 아버지도 많이 힘드시겠네. 내 친구들 중에 직장 다니는 녀석들은 아직 삼십 대인데 벌써 정리 해고 당할까 봐 걱정하더라고."

"아마 많이 힘드실……."

무심코 대답하던 내가 도중에 입을 다물었다.

'텔 미 에브리씽' 다음으로 제작하고 싶은 작품이 퍼뜩 떠올랐기 때문이었다.

"떠오르는 작품이 있습니다."

"어떤 작품인데?"

내가 다음으로 제작하고 싶은 작품이 있다고 대답하자, 이현주 대표는 흥미를 드러냈다.

그렇지만 난 그녀의 질문에 대답해 주지 않았다.

과연 차기작으로 이 작품을 선택해도 될 것인가에 대한 확신이 서지 않아서였다.

내가 이현주 대표와 술자리를 가지던 도중에 머릿속에 퍼뜩 떠올렸던 작품.

내 기억 속에 남아 있는 흥행작도 아니었고, 평화 필름 심대평 대표가 제작했던 작품도 아니었다.

내가 떠올렸던 작품은 바로 '국가 부도'였다.

'이걸 해도 될까?'

술을 꽤 마셨지만, 취기는 돌지 않았다. 그리고 내가 쉬이 잠들지 못하고 밤새 뒤척인 이유는 이 질문에 대한 답을 찾지 못해서였다.

내 기억 속 '국가 부도'라는 작품.

IMF 구제 금융 사태가 터지고 20년 후에 제작됐던 작품이었다.

난 그 시기를 20년도 더 전으로 당기고 싶다는 욕심이 생겼다.

그 이유는 내가 IMF 구제 금융 사태가 터진다는 사실을 이미 알고 있어서였다.

또, IMF 구제 금융 사태가 발발하는 과정에서 모피아라 불리는 경제 관료들이 국민들이 아니라 자신들의 이득을 위해서 움직였단 사실을 알고 있어서였다.

'아무리 내가 회귀자라고 하더라도 IMF 구제 금융 사태가 터지는 것을 막아 낼 수는 없다.'

지금까지 내가 가졌던 생각이었다.

그 생각은 지금도 변함이 없었다.

하지만 IMF 구제 금융 사태가 터지는 것을 막을 수는 없더라도, '국가 부도'라는 영화를 제작해서 국민들에게 IMF 구제 금융 사태가 발발하기 전에 경고와 주의 정도는 줄 수 있다는 생각이 들었다.

그렇게 된다면 일이 터졌을 때 아주 많은 것이 달라질 수도 있다는 생각도 들었고.

그럼에도 불구하고 내가 '국가 부도'라는 영화 제작을 망설이고 있는 이유.

세상에 대한 지나친 간섭이 아닐까 하는 우려가 들어서였다.

'천천히 고민하자.'

장고 끝에 난 결정을 뒤로 미루었다.

설령 내가 '국가 부도'라는 작품을 제작하기로 결심한다고해도 '텔 미 에브리씽'처럼 바로 작업을 진행할 수는 없었다.

이현주 대표와 포장마차에서 술자리를 가지다가 떠올린 시나리오를 불과 며칠 만에 완성해서 찾아간다면, 그녀는 당황하며 나에 대한 의심을 품을 가능성이 높았다.

'내가 회귀자란 걸 들켜선 안 되니까 각별히 조심해야 해.'

아직 시간이 있으니 좀 더 고민해 보기로 하고 난 후 새벽녘이 다 돼서야 잠을 청했다.

그렇지만 늦잠을 자지는 못했다.

지이이잉. 지이이잉.

책상 위에 올려 둔 휴대 전화의 진동음 때문이었다.

"여보세요?"

―저, 신대섭입니다.

'왔네.'

전화를 걸어온 것이 신대섭이란 사실을 알고 난 후 잠이 확

껐다.

"네, 말씀하시죠."

─최대한 빨리 만나고 싶습니다.

신대섭이 내게 만남을 청했다.

나 역시 신대섭의 연락을 기다리고 있었던 상황.

그래서 지체 없이 대답했다.

"언제라도 상관없습니다."

*　　　　*　　　　*

마음고생이 심해서일까.

커피숍에서 다시 만난 신대섭은 며칠 새 얼굴 살이 더 빠져 있었다.

"결정은 하셨습니까?"

지난번 만남 때, 난 어려움에 처해 있는 신대섭이 세운 기획사인 '블루윈드'에 투자를 하고 싶다는 의사를 밝혔었다.

그렇지만 신대섭은 결정을 미루고 생각할 시간을 달라고 부탁했었다.

'나에 대해서 조사해 봤겠지.'

그사이 신대섭은 나에 대해 조사해 봤을 가능성이 높다고 판단했다.

생면부지나 다름없는 내가 불쑥 찾아와서 다 망해 가는 회사에 대뜸 투자를 하겠다고 밝혔던 상황.

신대섭이 나에 대해 의문을 품지 않았다면 그게 오히려 더 이상한 일이었다.

만약 반대 상황이었다고 해도 나 역시 의문을 품었을 터였으니까.

그런 내 예상대로였다.

"은하를 만났습니다."

신대섭은 나에 대해 조사하기 위해서 신은하를 만났다고 밝혔다.

'무슨 말을 했을까?'

신은하가 나에 대해서 어떤 생각을 갖고 있는지 궁금했다.

"저에 대해서 뭐라고 하던가요?"

해서 내가 질문하자, 신대섭이 대답했다.

"특별한 고등학생이라고 했습니다."

*   *   *

"특별한 고등학생이다?"

'내가 회귀자란 의심은 안 하는구나.'

신은하가 날 단순히 천재 정도로 여긴다는 점에 안도하며 다시 물었다.

"다른 말은 안 했습니까?"

"서진우 씨가 내밀었던 손을 잡으라고 했습니다. 절대 손해는 안 볼 거라고 덧붙이면서요."

"그럼 제가 했던 투자 제안을 받아들이실 겁니까?"

"아직 결정을 내리지 못했습니다."

'신중한 성격이네.'

난 신대섭에게 새삼스러운 시선을 던졌다.

현재 '블루윈드'가 처한 상황.

숨넘어가기 일보 직전이나 마찬가지였다.

절박한 상황에서 내가 산소 호흡기를 부착해 주겠다고 제안했음에도, 신대섭은 그 제안을 덥석 받아들이지 않고 있었다.

"몇 가지 묻고 싶은 게 있습니다."

"편하게 물어보시죠."

"'블루윈드'에 투자를 하려는 진짜 이유가 무엇입니까?"

"투자하려는 이유는 이미 지난번에 대답했던 걸로 기억합니다. 신대섭 씨의 능력과 가능성을 믿고 돈을 벌기 위해서 투자라는 거라고요."

"그건 저도 기억하고 있습니다."

"그런데 왜 같은 질문을 하신 겁니까?"

"진짜 이유를 알고 싶어서요."

"그게 진짜 이유입니다."

"정말 그게 다입니까? 다른 이유는 진짜 없습니까?"

"네."

내가 재차 대답했음에도 신대섭은 반신반의하는 표정을 짓고 있었다.

"그럼 자금만 투자하고 '블루윈드'의 운영에는 전혀 관여하지 않으실 겁니까?"

"물론 그건 아닙니다."

"네?"

"당연히 관여할 생각입니다."

내 대답을 들은 신대섭이 당황한 기색을 드러냈다.

'이 아저씨, 날 너무 띄엄띄엄 보네.'

이미 신대섭에게도 밝혔지만 난 돈이 넘쳐 나서 심심풀이로 '블루윈드'에 투자하려는 것이 아니다.

돈을 벌기 위해서 투자를 하려는 것이다.

그런 내게 필요한 것은 정에 이끌려 다니는 신대섭의 물렁하기 짝이 없는 회사 운영 방식이 아니다.

신대섭이 그동안 쌓아 온 배우들과의 신뢰와 인맥이 필요할 뿐이다.

"그러면 안 됩니까? 매니저는 라이선스, 그러니까 자격증이 딱히 필요하지 않은 직종으로 알고 있는데요?"

"물론 매니저라는 직종은 자격증이 필요치 않습니다. 그래서 누구나 매니저가 될 수 있지만, 아무나 좋은 매니저가 될 수는 없습니다. 매니저라는 직업을 함부로 말씀하지 말아 주십시오."

신대섭이 정색한 채 처음으로 언성을 높였다.

그렇지만 난 기분이 상하지 않았다.

오히려 흡족한 표정을 지었다.

'이거였구나.'

신대섭이 능력 있는 매니저로 인정받으며 배우들의 신뢰를 얻은 이유를 알 수 있었기 때문이었다.

"회사 경영도 마찬가지라고 생각합니다."

난 신대섭과 달리 담담한 목소리로 말했다.

"회사 경영도 특별한 자격증이 필요하지 않습니다. 그래서 누구나 회사를 경영할 수 있지만, 아무나 성공한 경영자가 될 수는 없죠."

"……"

"지금까지 신대섭 씨의 방식대로 회사를 운영했다가 '블루 윈드'가 부도 직전 상황에 처한 것이 그 증거가 아닐까요?"

정곡을 찔려 버린 신대섭의 말문이 막힌 순간, 내가 재빨리 덧붙였다.

"배우 영입과 활동 플랜 등에 대한 전권을 제가 손에 쥘 생각입니다."

"전권… 요?"

"왜요? 제게 전권을 넘기는 것이 마음에 안 드십니까? 그럼 제가 했던 투자 제안을 거절하셔도 됩니다."

예상치 못했던 전개이기 때문일까.

신대섭은 선뜻 결정을 내리지 못하고 망설였다.

그런 그가 선택을 내리기 쉽도록 돕기 위해서 내가 덧붙였다.

"배우들이 원치 않는 불법적인 일은 절대 하지 않을 겁니다. 예를 들면 접대 같은 것요. 그리고 배우들과 계약 과정에서 최대한 배우들에게 유리한 조건으로 계약을 맺을 겁니다. 이 두 가지는 확실히 약속드리죠."

내가 두 가지를 약속하자, 신대섭의 표정이 조금 밝아졌다.

"투자하시려는 금액은 얼마나 됩니까?"

"투자 금액은 10억입니다."

"10억… 요?"

"네. 일단 10억입니다. 추가 자금이 확보되면 더 투자할 의향도 있습니다."

1차로 10억을 투자하고, 추가 투자도 염두에 두고 있다는 내 이야기를 들은 신대섭의 표정이 아까보다 더욱 밝아졌다.

그런 그의 반응을 살피던 내가 입을 뗐다.

"참, 한 가지 조건이 더 있습니다."

"무엇입니까?"

"이사 직함이 필요합니다."

"서진우 씨가 '블루윈드'의 이사가 되실 겁니까?"

"제가 아닙니다."

"그럼?"

내가 웃으며 대답했다.

"적임자가 따로 있습니다."

＊　　　　　＊　　　　　＊

강남 오피스텔.

혼자서 와인을 마시던 이강희가 한숨을 내쉬었다.

"대섭 오빠, 미안해."

신대섭은 좋은 매니저이자, 좋은 사람이었다.

마치 친오빠처럼 자신을 세심하게 챙겨 주던 신대섭을 이강희는 무척 믿고 따랐었다. 그래서 신대섭이 독립해 '블루윈드'라는 기획사를 차린다는 소식을 전해 들었을 때, 이강희는 조금의 망설임도 없이 현 소속사인 '골든 키 스튜디오'를 떠나 '블루윈드'로 적을 옮기겠다고 결심했었다.

신대섭이 직접 정종수 대표를 만나서 협상을 마치고 '블루윈드' 소속 배우가 됐을 때만 해도 이강희는 희망에 부풀었다.

신대섭에게 진 신세를 꼭 갚고, 여배우로서 최고의 자리에 오르겠다는 희망.

그런데 그 희망이 산산조각 나는 데는 오랜 시간이 걸리지 않았다.

"주환이가 재밌는 걸 갖고 있더구나. 내가 그걸 우연히 손에 넣었는데 크게 실망했다. 배우 활동 열심히 하라고 구해 준 오피스텔을 러브 모텔처럼 활용했더구나. 그렇지만 난 이해할 수 있다. 젊은 남녀가 사랑하다 보면 같이 잘 수도 있지. 그런데 네 팬들도 이 영상을 보고 난 후에 나처럼 이해해 줄까?"

정종수 대표에게서 걸려 온 전화 한 통으로 희망은 산산조각 났다.

"개새끼."

오주환은 '골든 키 스튜디오' 소속 로드 매니저였다. 그리고 이강희는 그의 배우 못지않게 잘생긴 외모와 자상함에 끌려 사랑에 빠졌었다.

하지만 관계는 오래가지 못했다.

오주환이 매니저 일을 그만두면서 서로 만날 수 있는 시간과 기회가 줄어들어 자연스레 요원해지며 헤어졌다.

어쨌든 중요한 것은 오주환과 헤어진 것이 아니었다.

오피스텔에서 오주환과 육체관계를 맺었고, 그가 몰래 촬영한 영상을 정종수 대표가 갖고 있다는 것이 중요했다.

그 동영상은 이강희의 입장에서는 치명적인 약점.

그 약점을 손에 쥔 정종수 대표는 '블루윈드'로 적을 옮겨 활동하는 것을 꿈도 꾸지 말라고 경고했다.

만약 이 경고를 어기면 동영상을 공개해 버릴 거란 협박과 함께.

신대섭에게는 무척 미안했지만, 이강희로서는 선택의 여지가 없었다.

'블루윈드'와의 계약 기간이 종료될 때까지 죽은 듯 지내다가, 다시 '골든 키 스튜디오'로 복귀해서 활동을 재개하는 것외에 다른 선택지는 없었다.

"비 오네."

이강희가 창밖을 바라보며 와인 잔을 다시 들어 입으로 가져갈 때였다.

딩동, 딩동.

초인종 벨이 울렸다.

"이 시간에 누구지?"

이강희가 현관문 앞으로 다가갔다. 그리고 현관문 앞에 서있는 신대섭을 발견한 그녀가 당황하며 현관문을 열었다.

"오빠, 왜 찾아왔어? 한동안 혼자 있고 싶다고 했잖아."

이강희가 신대섭에게 날 선 목소리로 따지듯 소리쳤을 때, 낯선 목소리가 들려왔다.

"계약서에 적시된 '블루윈드' 소속 배우로서 의무를 태만하고 있기 때문에 부득이하게 찾아왔습니다."

*   *   *

"이강희 씨 문제를 해결하는 게 급선무입니다."

서진우는 '블루 윈드' 정상화 방안으로 이강희 문제를 해결하는 것이 최우선 과제라고 주장했다.

현재 '블루윈드' 소속 배우들 가운데 대중들에게 인지도가 가장 높은 배우는 이강희였다.

즉, 수익을 낼 수 있는 배우는 이강희가 유일한 셈이었다.

그럼에도 불구하고 신대섭은 난감한 표정을 지었다.

이강희 문제를 해결하는 것이 쉽지 않아서였다.

"일단 만나서 머리를 맞대고 논의해 보시죠."

서진우는 일단 이강희를 만나서 해법을 논의해 보자고 제안했다.

이미 '블루윈드' 운영의 전권을 넘기기로 약속한 상황이라서 신대섭은 그 제안을 거절할 수 없었다.

"계약서에 적시된 '블루윈드' 소속 배우로서 의무를 태만하고 있기 때문에 부득이하게 찾아왔습니다."

그리고 서진우가 이강희를 만나서 꺼낸 첫 이야기를 들은 신대섭은 당황했다.

이미 이강희가 처해 있는 상황에 대해서 서진우에게 충분히 설명한 상황.

그런데 그 상황을 아는 서진우가 이런 식으로 대화의 포문을 열 것이라고는 예상치 못해서였다.

하지만 아직 끝이 아니라 시작이었다.

"팔자 좋네요."

"네?"

"이강희 씨 때문에 '블루윈드'는 부도 직전인데, 정작 원인 제공자인 이강희 씨는 우아하게 와인을 마시고 있으니까요."

"나도 대섭 오빠에게 미안해서……."

"그리고 호칭부터 글러 먹었네요."

"뭐라고요?"

"이강희 씨가 '블루윈드' 소속 배우가 됐으니까, 대섭 오빠가 아니라 신대섭 대표님이라고 부르는 것이 맞죠."

서진우는 거침없이 이강희를 몰아붙였다.

"누구시죠? 대체 누군데 제게 이런 말을 하는 거죠?"

"아, 제 소개가 늦었네요. 그 점은 사과드리죠. '블루윈드'에 새롭게 합류한 전문 경영인이라고 생각하시면 됩니다."

"오빠, 사실이야?"

이강희가 신대섭을 바라보며 지금 서진우가 하는 말이 사실이냐고 물었다.

그 질문에 신대섭이 대답하기 전에 서진우가 나섰다.

"오빠가 아니라 대표님이라고 부르시라고 말씀드렸습니다."

신대섭이 가볍게 고개를 끄덕여 맞다고 확인해 준 순간, 서진우가 다시 입을 뗐다.

"약속대로 강우식 감독님 영화에 출연하시죠."

"뭐라고요?"

"약속을 지키라고 했습니다."

서진우가 재차 확인해 준 순간, 이강희의 낯빛이 창백하게 질렸다.

그 반응을 확인한 신대섭이 더 수수방관하지 못하고 나섰다.

"제가 이미 충분히 상황 설명을 드리지 않았습니까? 지금 강희가 강우식 감독의 신작에 출연하면, 무척 곤란한 상황에 처하게 됩니다."

"그 동영상이 공개되는 것, 말씀입니까?"

"네."

"상관없습니다."

"방금 상관없다고 말씀하셨습니까? 그 동영상이 세상에 공개되면 배우 이강희에게는 치명타가 될 수 있습니다. 그리고 배우 이강희뿐만 아니라 여자 이강희에게도 치명적입니다."

신대섭이 언성을 높였지만, 서진우는 그에게 고개를 돌리지 않고 이강희만 바라보며 물었다.

"죄를 지었다고 생각하십니까?"

"네?"

"서로 사랑하는 성인 남녀가 육체관계를 맺은 게 범죄를 저지른 것은 아니지 않습니까?"

"그렇긴 하지만……."

이강희가 말끝을 흐렸을 때, 서진우가 덧붙였다.

"오히려 죄를 지은 것은 상대방의 동의 없이 몰래 동영상을 촬영했던 오주환이라는 매니저입니다. 그런데 왜 이강희 씨가 죄를 지은 것처럼 숨어서 지내는 겁니까?"

"제가 여배우이니까요."

이강희가 분한 목소리로 대답했다.

'안됐네.'

내가 이강희를 안쓰럽게 바라보았다.

이강희는 아무 죄도 짓지 않았다.

오히려 피해자 포지션이었다. 그런데 피해자인 이강희가 이렇게 두려워하며 숨어 지내는 상황이 마음에 들지 않았다.

"'골든 키 스튜디오' 정종수 대표가 그 동영상을 공개할 것 같습니까?"

내 질문에 이강희는 상상만으로도 두려운 듯 가늘게 몸을 떨며 대답했다.

"정종수 대표는 분명히… 공개할 거예요."

"제 생각도 그렇습니다."

"네?"

"제 생각에도 정종수 대표는 그 동영상을 공개할 것 같습니다. 지금이 아니라도 언젠가는 공개할 겁니다."

"……"

"설령 지금 공개하지 않더라도 정종수 대표는 그 약점을 계속 손에 쥔 채 앞으로도 쭉 이강희 씨를 협박하고 이용할 겁니다. 그건 두렵지 않습니까?"

＊　　　　＊　　　　＊

거기까진 생각해 본 적 없기 때문일까.

이강희가 당황한 기색으로 와인 잔을 향해 손을 뻗었다.

바르르.

떨리는 손으로 위태롭게 와인 잔을 입으로 가져가는 이강희를 바라보던 내가 다시 입을 뗐다.

"이 기회에 털고 가시죠."

이강희가 손에서 와인 잔을 놓쳤다.

팍.

바닥에 떨어진 와인 잔이 박살 난 순간, 이강희가 물었다.

"털고 가라는 게, 무슨 뜻이죠?"

"이번 기회에 시한폭탄을 제거하자는 겁니다."

"그 동영상이 공개돼서 내가 세상 사람들에게 손가락질을 당하며 비난을 받아도 상관이 없단 뜻인가요?"

"상관없지는 않습니다."

"그런데 왜……?"

"지금이 적기라고 판단했으니까요. 언제 터질지 알 수 없는 시한폭탄을 두려워하며 떨기보다는 기회가 왔을 때 빨리 제거하는 편이 낫지 않겠느냐고 조언을 드리는 겁니다."

이강희가 양손으로 얼굴을 가렸다.

그런 그녀에게 내가 마지막으로 말했다.

"동영상이라는 시한폭탄이 터졌을 때 이강희 씨에게 최소한의 피해만 가도록 돕겠다고 저와 신대섭 대표가 약속드리겠습니다. 시간은 충분히 드릴 테니 좀 더 고민해 보시고 연락 주십시오."

*   *   *

이강희를 만나고 난 후 누가 먼저랄 것도 없이 자연스레 포장마차로 향했다.

'요새 술을 너무 자주 마시는 것 아냐?'

문득 걱정이 되긴 했지만, 난 더 고민하지 않고 소주병을 땄다.

기분이 더러워서 술을 마시지 않고는 버티기 힘들어서였다.

"제가 너무 과했다고 생각하십니까?"

신대섭의 잔을 채워 주며 물었다.

"처음에는 과하다고 생각했습니다. 그런데… 시간이 좀 흐른 지금은 생각이 바뀌었습니다."

신대섭이 잔을 들어 원 샷 한 후 덧붙였다.

"언제까지 끌려다닐 수는 없으니까요."

신대섭이 '블루윈드'를 폐업하고 이 바닥을 떠난다면?

이강희의 동영상이 공개되는 시간은 늦춰질 것이었다.

그렇지만 그 동영상이 아주 사라지는 것은 아니었다.

아까 얘기했듯 '골든 키 스튜디오' 정종수 대표는 그 동영상을 약점으로 잡고 계속 이강희를 협박할 것이었다.

거머리처럼 이강희를 이용해 돈벌이를 하다가, 효용 가치가 떨어졌다고 판단하면 성 접대를 시킬 가능성이 높았다.

그 사실을 신대섭도 깨달았기 때문에 생각이 바뀐 것이었다.

"강희가 강우식 감독의 신작에 출연할까요?"

"아마 출연할 겁니다. 언제 터질지 모르는 시한폭탄을 품에 끌어안고 사는 것은 끔찍한 일이니까요."

나도 소주를 마신 후 덧붙였다.

"우리가 지금부터 할 일은 대비책을 세우는 겁니다."

"무슨 대비책요?"

"아까 제가 이강희 씨에게 약속했듯이 동영상이라는 시한폭탄이 터졌을 때, 그녀에게 최소한의 피해만 갈 수 있도록 대비책을 마련해야 합니다."

이강희를 아끼는 마음이 커서일까.

신대섭은 안타까운 표정으로 천천히 고개를 끄덕였다.

그런 그의 마음을 조금 가볍게 만들어 주기 위해서 내가 말했다.

"세상은 무척 빠르게 변하고 있습니다. 성에 대한 인식 역시 빠르게 변하고 있고요. 이강희 씨도 여배우이기 이전에 한 사람의 성인 여성입니다. 성적 자기 결정권을 지닌 성인 여성이 사랑하는 남자와 육체관계를 맺은 것, 죄를 지은 것도 비난을 받을 일도 아니라고 생각합니다."

"강희가 잘못한 게 아니라는 것은 저도 알고 있습니다. 제가 걱정하는 것은 강희입니다. 그 동영상이 공개되며 커다란 후폭풍이 발생했을 때, 여배우 강희가, 또 여자 강희가 과연 버텨 낼 수 있을까? 저는 그 부분에 대한 확신이 없습니다."

"버텨 낼 겁니다."

아무 근거도 없이 한 말이 아니다.

아까 이강희를 만나자마자 신대섭이 당황할 정도로 다짜고짜 거칠게 몰아세웠던 데는 이유가 있었다.

이강희라는 여배우가 어떤 성격인지 파악하기 위함이었다.

그리고 브라운관 속 이강희는 가녀린 외모와 부드러운 성격의 소유자였지만, 현실의 이강희는 달랐다.

독기 품은 눈으로 날 바라보면서 맞서던 이강희는 강단이 있었다.

그리고 하나 더.

내 기억 속에 이미 비슷한 선례가 있었다.

여배우의 섹스 동영상이 공개된 적이 있었고, 당시에 후폭풍은 컸다.

대중들은 호기심을 느끼며 관음증 환자들처럼 여배우의 섹스 동영상을 찾아서 봤다.

다음 단계는 비난이었다.

그러나 비난은 이내 자성으로 바뀌었다.

여배우이기 이전에 한 명의 성인 여성.

성적 자기 결정권을 지닌 성인 여성이 사랑하는 남자와 육체관계를 맺은 것이 범죄를 저지른 것은 아니지 않느냐?

지금 손가락질을 하고 있는 당신은 사랑하는 사람과 육체관계를 맺지 않느냐?

어느 누가 저 여배우에게 돌을 던질 자격이 있는가?

오히려 상호 간의 동의 없이 몰래 동영상을 촬영하고 유출한 자에게 죄가 있는 것이 아니냐?

자성 여론과 동정 여론이 거세지면서 여론은 뒤집어졌었다.

난 그 여배우의 동영상을 본 적은 없었다.

그렇지만 여론의 변화 추이만큼은 유심히 지켜보았었다.

그래서 이강희의 섹스 동영상이 유출됐을 때, 여론의 변화 추이가 어떻게 바뀔지를 이미 알고 있었다.

문제는 시간이었다.

당시 여배우의 동영상이 공개됐을 때, 비난 여론이 자성과 동정으로 바뀌는 데까지 걸린 시간은 무척이나 길었다.

그 여배우는 오랜 시간 고통을 받던 도중 우울증에 빠져서 결국 배우로서 재기에 실패했었다.

이강희가 그 여배우와 똑같은 전철을 밟지 않게 만들기 위해서는 여론의 추이가 변하는 시점을 최대한 앞당길 필요가 있었다.

"기자들과의 관계는 어떻습니까?"

"친하게 지내는 연예부 기자들이 여럿 있습니다."

"일단 신 대표님이 알고 계신 연예부 기자들과 수시로 연락하면서 동영상이 공개됐을 때 사건의 전말을 정확하게 전달할 수 있는 준비를 해 둬야 합니다."

"포커스는 어느 쪽에 맞춰야 할까요?"

"이강희 씨는 어디까지나 피해자라는 것에 포커스를 맞춰야 합니다."

"무슨 뜻인지 알겠습니다."

신대섭도 오랫동안 연예계 생활을 했다.

그래서 내가 하는 말뜻을 바로 이해했다.

"다음으로 중요한 것은 이강희 씨를 지키는 겁니다."

"어떻게 지키라는 겁니까?"

"동영상이 공개되고 나면 이강희 씨는 무척 힘든 시간을 보내게 될 겁니다. 막연히 예상하는 것보다 훨씬 더 힘든 시간이 될 테죠. 그래서 이강희 씨가 나쁜 마음을 먹거나 도중에 자포자기하지 않도록 신 대표님이 곁에서 잘 살펴야 합니다."

"무슨 일이 있어도 제가 강희를 지킬 겁니다."

신대섭이 비장한 표정으로 각오를 다졌다.

'신대섭이라면 잘할 거야.'

신대섭은 배우들에게 신망이 무척 두터웠다.

이강희 역시 신대섭을 믿고 의지했다. 그리고 신대섭이 계속 곁을 지켜 준다면, 이강희는 힘든 시간을 잘 버텨 낼 수 있을 것이었다.

"이게… 전부입니까?"

잠시 후, 신대섭이 내게 물었다.

이 정도로는 충분하지 않다는 생각이 든 탓일까.

신대섭은 불안한 기색을 감추지 못하고 있었다.

"다른 대비책도 마련할 겁니다. 그건 제가 준비하겠습니다."

"어떤 대비책인지 알 수 있을까요?"

신대섭의 질문에 내가 대답했다.

"불법을 밝혀 낼 겁니다."

*　　　　　*　　　　　*

"오셨어요?"

양미향의 입가에 미소가 걸렸다.

남편인 채동욱은 항상 바빴다. 그래서 한 달에 한 번 함께 저녁을 먹기도 힘들었었다.

그런데 요즘은 달랐다.

일주일에 두 번은 꼭 일찍 퇴근해서 함께 저녁을 먹었다.

그리고 이런 변화가 생긴 원인은 서진우였다.

서진우가 딸 수빈이의 과외를 하는 날이면 채동욱은 만사를 제쳐 놓고 일찍 퇴근해서 함께 식사를 하고 술을 마셨다.

그러니 서진우가 어찌 예뻐 보이지 않을까.

'똑똑하고 잘생기기도 했단 말이야. 집안이 별로라는 게 흠이긴 하지만, 이 사람이 잘 서포트해 주면 검찰 총장까지는 될 수도 있지 않을까?'

양미향은 이미 서진우를 채수빈의 짝으로 점찍은 상황.

그리고 사위 사랑은 장모라는 말이 괜히 있는 게 아니었다.

양미향은 식탁 다리가 휘어질 정도로 정성껏 음식을 준비했다.

"지난번에 국내 산업 구조가 제조업에서 서비스 산업으로 개편될 거라고 말했었지?"

"네."

"자네가 생각하는 변화에 대해 좀 더 자세히 말해 봐."

"공짜로요?"

"응?"

"술 한 잔 주시죠."

"하핫, 내가 이야기에 정신이 팔려서 자네 잔이 비었다는 것도 몰랐군. 마이 미스테이크. 내가 사과하지."

채동욱과 서진우가 나누는 대화 내용.

양미향이 이해하기에는 너무 어려웠다.

그렇지만 자신이 두 사람 사이에 오가는 대화 내용을 이해하느냐, 못 하느냐의 여부 따위는 중요치 않았다.

중요한 것은 서진우가 과외를 시작하고 난 후, 집안 분위기가 변했다는 것이었다.

일찍 퇴근한 채동욱은 서진우와 저녁을 먹으며 대화할 때마다 기꺼운 표정으로 웃음을 터뜨렸다.

사춘기가 지났음에도 불구하고 까칠하기 짝이 없던 수빈이도 서진우에게서 과외를 받고 난 후 웃는 횟수가 부쩍 늘었다.

'이게 얼마 만이야.'

돈이 많다고 해서 행복한 것은 아니었다.

채동욱의 무관심과 까칠한 딸로 인해서 양미향은 항상 외로웠다.

또, 집안 분위기는 항상 살얼음판처럼 위태로웠고.

그런데 지금은 삭막하던 집안에 훈풍이 불고 있었다.

'꼭 사위로 맞을 거야.'

채동욱과 웃으며 대화를 나누는 서진우를 바라보던 양미향이 재차 각오를 다졌다.

* * *

"자, 한 잔 더 받게."

채동욱이 술병을 기울여 잔을 채워 주며 물었다.

"그런데… 투자금의 용처는 정했나?"

서진우에게 투자한 10억!

당시 채동욱은 충동적으로 투자를 결정했던 것이 아니었다.

서진우의 식견은 채동욱을 놀라게 만들기에 충분했다. 그래서 서진우의 손에 10억을 쥐여 주면 어떤 방식으로 운용할까에 대한 궁금증이 생겼다.

또, 수익률도 확인해 보고 싶었고.

"제안은 감사하지만, 저는 꿈이 따로 있습니다."

채동욱은 이미 서진우에게 '벨류에셋'에 입사 제안을 한 적이 있었다.

당시 서진우가 꺼냈던 대답.

완곡하게 거절 의사를 밝혔지만, 채동욱은 아직 서진우란 인재에 대한 미련을 접은 게 아니었다.

사람 마음이란 것은 언제든지 바뀔 수 있는 법이었으니까.

그래서 서진우에게 10억을 투자한 것은 일종의 시험이기도 했다.

"일단 옷을 샀습니다."

잠시 후 서진우에게서 대답이 돌아왔다.

"옷을 샀다고?"

"외모도 경쟁력이니까요."

"……?"

"가뜩이나 어리다는 이유로 사람들은 제게 편견을 갖고 있습니다. 그런데 옷까지 후줄근하게 입고 다니면 무시하기 일쑤일 겁니다. 그래서 옷부터 좀 샀습니다."

"사업을 하다 보면 겉으로 보이는 모습도 중요하지."

채동욱이 동조하며 다시 물었다.

"옷을 사는 데 십억을 다 쓰진 않았을 것 아닌가?"

"물론입니다."

"그럼 나머지 돈은 아직 투자처를 찾지 못한 건가?"

"그건 아닙니다. 이미 투자처를 찾았습니다."

"어디에 투자한 건가? 혹시 영화 제작하는 데 투자한 건가?"

채수빈에게서 이미 서진우가 영화 제작 일을 한다는 이야기를 들었던 적이 있었다. 그래서 채동욱이 살짝 실망한 표정을 지은 채 묻자, 서진우가 위스키를 한 모금 마신 후 대답했다.

"다른 곳에 투자했습니다."

"어디에 투자했는가?"

"'블루윈드'라는 회사에 투자했습니다."

"블루윈드?"

채동욱이 재빨리 기억을 더듬었다. 그렇지만 기억 속에 '블루윈드'라는 회사의 이름은 없었다.

"어떤 회사인가?"

"연예 기획사입니다."

서진우가 덧붙였다.

"그것도 다 망해 가는 연예 기획사죠."

*　　　*　　　*

"연예 기획사에 투자를 했군."

채동욱은 실망한 기색을 감추지 못하고 드러냈다.

난 그 표정 변화를 놓치지 않았다.

'내가 더 대단한 회사에 투자를 하길 기대했나 보군.'

채동욱이 실망한 이유를 짐작하고 내가 입을 뗐다.

"영화 한 편이 흥행에 성공하면 투자사가 벌어들이는 수익이 얼마나 되는지 아십니까?"

"정확히는 몰라."

'밸류에셋'은 대기업 위주로 투자를 하는 회사.

채동욱이 솔직하게 대답하는 것을 들은 내가 말했다.

"영화가 얼마나 흥행하느냐에 따라 다르긴 하지만 중박 이상의 흥행 성적을 거두면 최소 투자금의 몇 배의 수익을 거둘 수 있습니다."

채동욱은 투자자.

수익률에 무척 민감할 수밖에 없었다. 그래서 영화가 흥행에 성공했을 때 투자 수익이 최소 수백 프로라고 알려 주면 흥미를 드러낼 거라 예상했는데.

내 예상과 달리 채동욱의 반응은 시큰둥했다.

"하이 리스크 하이 리턴은 당연한 거지."

영화의 흥행 여부는 누구도 알 수 없다.

그러니 흥행 여부를 알 수 없는 영화에 투자하는 것은 너무 위험성이 크다는 점을 채동욱을 지적한 것이었다.

틀린 지적은 아니었다.

그렇지만 채동욱이 모르는 것이 있었다.

"문화에 대해 어떻게 생각하십니까?"

"문화?"

"일전에 제조업 위주인 국내 산업 구조가 서비스업 위주로 개편될 거라고 말씀드렸습니다. 저는 그 변화의 핵심에 문화가 있다고 판단합니다. 한 편의 잘 만든 영화, 한 편의 잘 만든 드라마, 그리고 잘 키운 배우나 가수 한 명이 중견 기업 이상의 매출을 올리는 날이 머잖아 찾아올 것이기 때문입니다."

"너무 낙관적이군."

채동욱은 부정적인 시선을 던졌다.

그러나 난 확신이 있다.

이미 내가 말했던 것이 현실이 된다는 것을 내 눈으로 직접 확인했기 때문이었다.

'하긴 믿기 힘들 거야.'

채동욱의 입장에서는 지금 내가 하는 말들이 마치 뜬구름 잡는 소리처럼 들릴 확률이 높았다. 그리고 식탁 앞에 앉아서 떠드는 몇 마디 말로 채동욱의 생각을 바꾸는 것은 불가능했다.

'일단 화두는 던졌으니까.'

채동욱과 같은 부류의 사람은 본인의 눈으로 직접 봐야만 믿는다.

즉, '블루윈드'를 최고의 연예 기획사로 성장시켜서 투자금액의 수십 배, 혹은 수백 배의 수익을 거두는 모습을 보여 줘야만 채동욱의 생각을 바꿀 수 있다.

그래서 내가 조심스럽게 입을 뗐다.

"혹시 알고 지내는 검사분이 계십니까?"

"당연히 알고 지내는 검사들이야 있긴 한데."

내 예상대로 채동욱은 친분을 유지하는 검사들이 있었다.

"그런데 그건 갑자기 왜 묻나?"

"검사님 한 분을 소개해 주셨으면 합니다."

"검사를 소개해 달라? 이유를 물어봐도 될까?"

"한 여배우, 아니, 한 여자의 인생이 걸린 문제 때문입니다."

현 상황에 대해서 자세히 설명하기에는 시기상조였다.

"확실한 것은 제게 소개해 주시는 검사님께도 도움이 되면

됐지, 손해는 되지 않는 일이란 겁니다."

채동욱은 더 캐묻는 대신 고개를 끄덕였다.

"아는 검사를 소개해 주는 게 어려운 일은 아니지. 그런데 어떤 검사를 소개받길 원하나?"

"불의와 타협하지 않는 강직한 성격의 검사님, 그런데 출세욕도 갖고 있는 검사님을 소개해 주셨으면 좋겠습니다."

"이거 꽤 어렵군."

채동욱이 머리를 긁적였다.

얼핏 듣기에는 그리 어렵지 않은 조건처럼 느껴지지만, 이 두 가지 조건을 동시에 충족시키는 검사는 찾기 어렵다.

그 사실을 간파했기에 채동욱이 고민하는 것이었다.

"한 여배우의 인생이 망가지지 않도록 도움을 줄 수 있을 정도로 동정심을 갖추고 있고, 사건이 너무 크게 번지지 않도록 적당한 선에서 타협도 할 줄 아는 출세욕도 갖춘 검사. 이게 서 선생이 원하는 검사의 조건이 맞나?"

"네, 맞습니다."

"보자, 누가 적임자일까?"

채동욱이 장고 끝에 한 검사의 이름을 꺼냈다.

"이청솔 부장 검사가 적임자겠군."

*   *   *

검찰청 앞 한정식집에서 이청솔 부장 검사를 만나기로 했다.

내가 정한 약속 장소가 아니었다.

채동욱이 직접 이 한정식집을 예약해 준 것이었다.

내가 먼저 도착해서 기다리고 있을 때, 특실 문이 열렸다.

'딱 검사처럼 생겼네.'

내가 느낀 이청솔 부장 검사의 첫인상이었다.

영화에서 자주 봤던 간부급 검사들과 이청솔 부장 검사의 외모 싱크로율이 무척 높다는 생각을 하며 내가 먼저 인사를 건넸다.

"처음 뵙겠습니다, 서진우라고 합니다."

"이청솔이네."

악수를 나누면서도 이청솔은 은테 안경 너머로 날카로운 눈빛을 쏘아 내며 날 관찰하고 있었다.

"올해 나이가 어떻게 되나?"

"예비 대학생입니다."

"예비 대학생?"

이청솔이 당황한 표정을 지은 채 물었다.

"채동욱 대표님과는 어떻게 아는 사이인가?"

"채 대표님 외동딸의 과외를 하고 있습니다."

"그래? 공부를 잘했나 보군?"

"선배님의 직속 후배가 될 겁니다."

이청솔 부장 검사도 한국대학교 법학과 졸업생이었다. 그리고 대한민국에서는 역시 학연의 힘을 무시할 수 없었다.

"한국대학교 법학과에 진학할 건가?"

"네."

"이런 곳에서 후배를 만나니 반갑군."

내가 대학 직속 후배라는 사실을 알게 된 이청솔의 목소리는 처음에 비해 한결 부드럽게 변해 있었다.

"식사하시면서 말씀하시죠."

"그러지."

이청솔은 보기보다 성격이 급한 편이었다.

착석하자마자 바로 본론으로 돌입했다.

"가족 중에 누가 송사에 휘말렸나? 그래서 도움을 청하려고 채 대표님에게 부탁해서 날 만난 건가?"

"가족 문제가 아닙니다. 사업 문제 때문에 선배님을 뵙고 싶다고 부탁했습니다."

"사업 문제?"

"일단 명함부터 받으시죠."

내가 건넨 명함을 건네받은 이청솔의 눈이 살짝 커졌다.

"한국대 법학과에 진학할 예비 대학생이 영화 제작을 한다? 재밌군. 명함만 판 건가? 아니면, 진짜 영화 제작을 하고 있나?"

"투자 유치 끝났고 곧 크랭크 인 들어갈 예정이라 올해 안에 개봉할 겁니다. 그때 선배님께 영화 티켓 꼭 보내 드리겠습니다."

"그 약속 꼭 지켜. 마누라한테 점수 좀 따게 말이야."

"알겠습니다."

"그럼 영화 제작 과정에서 송사에 휘말린 건가?"

"그것도 아닙니다."

"그럼?"

"제가 투자한 회사에 문제가 좀 생겼습니다."

"자네가 회사에 투자를 했다고?"

"네."

"이거 점점 재밌어지는군."

채동욱이 흥미를 느낀 표정으로 물었다.

"무슨 일인지 자세히 말해 봐."

*   *   *

'이 자식, 뭐지?'

서진우를 만나 보라는 제안을 한 것은 '밸류에셋'의 채동욱 대표였다.

"선입견 갖지 말고 한번 만나 보게. 자네도 흥미를 느낄 거야. 그리고 내가 꼭 도와주라고 강요하는 것은 아니니까 부담 가질 필요는 없네."

통화 중에 채동욱이 건넸던 이야기대로였다.

이청솔은 서진우에게 흥미를 느꼈다.

'내가 저때 뭘 했더라?'

기억을 더듬던 이청솔이 쓴웃음을 머금었다.

대한민국 최고 대학의 최고 학과인 한국대 법학과에 합격했다는 기쁨에 취해서 입학 전까지 친구들과 어울려 흥청망청 술을 마시면서 어른 흉내를 내느라 바빴다.

그런데 눈앞의 서진우는 달랐다.

한국대 법학과 진학을 앞두고 있음에도 불구하고, 영화 제작과 투자 업무를 동시에 진행하고 있었다.

'자괴감 드네.'

이청솔이 입맛을 쩝 다셨을 때였다.

"'골든 키 스튜디오'라는 연예 기획사가 있습니다. 신은하와 정동건 같은 톱스타들을 보유한 국내 굴지의 연예 기획사입니다."

서진우가 이야기를 시작했다.

'신은하아 정동건은 나도 알지.'

이청솔은 TV를 자주 보는 편이 아니었다.

그럼에도 불구하고 신은하와 정동건의 이름은 들어 본 적이 있었다.

그들이 톱스타였기 때문이었다.

"그곳에서 실장으로 일했던 신대섭 씨가 독립해서 '블루윈드'라는 연예 기획사를 따로 차렸습니다. 그 과정에서 원래 '골든 키 스튜디오' 소속 여러 배우들이 함께 적을 옮겼고요. 옮긴 배우 중에 이강희라는 여배우가 있는데 혹시 이강희라는 여배우를 아십니까?"

"알아. 딸아이가 좋아하는 여배우거든."

신은하와 정동건급의 톱스타는 아니지만, 이강희도 꽤 알려진 배우였다.

게다가 딸아이가 좋아하는 여배우 중 한 명이었기에 이청솔이 알고 있다고 대답하자, 서진우가 설명을 이었다.

"신대섭 씨는 이강희 씨와 개인적인 친분이 깊습니다. 그래서 위약금까지 물어 주면서 '블루윈드'로 데려와 톱스타로 키우겠다는 야심찬 계획을 세우고 있었습니다. 그런데 그 과정에서 문제가 생겼습니다."

"어떤 문제가 생겼다는 건가?"

"'골든 키 스튜디오'의 정종수 대표가 이강희의 약점을 손에 쥔 채 협박을 해서 활동에 어려움을 겪고 있습니다."

"약? 아니면, 동영상?"

부장 검사 자리는 고스톱 쳐서 딴 게 아니다.

정종수 대표가 여배우 이강희의 약점을 손에 쥐고 있다고 말했을 뿐인데, 이청솔은 약 아니면 동영상을 의심했다.

"동영상입니다. 그리고 저는 곤경에 처한 이강희란 여배우를 돕고 싶습니다."

"팬으로서 돕고 싶은 건가?"

"선배님, 제가 그 정도로 낭만적이지는 않습니다. 제가 '블루윈드'에 투자를 했기 때문에 돕고 싶은 겁니다."

충분한 설명을 마친 순간, 이청솔이 내게 물었다.

"그래서 내게 원하는 것이 뭔가? '골든 키 스튜디오' 정종수 대표를 협박해서 그 동영상이 유포되는 것을 막아 주길 원하나?"

"그렇게 해 주실 수 있으십니까?"

"어렵지."

예상했던 대답.

나도 거기까지는 기대하지 않았다.

"제가 바라는 것은 그게 아닙니다."

"그럼 후배가 내게 원하는 건 대체 뭔가?"

내가 웃으며 대답했다.

"법대로 공정하게 처리해 주시면 됩니다."

*　　　　　*　　　　　*

'골든 키 스튜디오' 대표실.

정종수가 구둣발을 까닥이며 대표실로 찾아온 이강희를 바라보았다.

"나 싫다고 제 발로 떠나더니, 여긴 왜 또 찾아왔어?"

"대표님께 부탁이 있어서 찾아왔어요."

"내게 부탁이 있다?"

"네."

"그래. 어떤 부탁인지 들어나 보지."

"저 좀 살려 주세요."

정종수가 언짢은 표정으로 말했다.

"내가 널 죽인다고 협박이라도 했어?"

"대표님, 제발 살려 주세요."

소파에 앉아 있다가 벌떡 일어난 이강희가 무릎을 꿇었다.

흡족하게 웃으며 자신의 발 앞에 무릎을 꿇고 있는 이강희를 내려다보던 정종수가 입을 뗐다.

"내가 시키는 대로만 하면 돼. 그럼 그 동영상은 공개하지 않을 테니까."

"못 믿겠어요."

"응?"

"그러니까 동영상을 제 눈앞에서 없애 주세요. 그럼 대표님이 시키는 것이 뭐든지 할게요."

정종수는 눈물을 쏟아 내며 애원하는 이강희가 귀찮았다.

그래서 쫓아내려고 했던 정종수가 도중에 마음을 바꿨다.

"잠깐 기다려 봐."

정종수가 휴대 전화를 꺼내 주태준 실장에서 전화했다.

"주 실장님."

—말씀하시죠.

"모레 열리는 파티 말입니다. 도련님들이 파티에 참석하는 멤버를 마음에 들어 하지 않는다는 이야기를 전해 들었습니다. 맞습니까?"

—정 대표님께서 보내 주시는 멤버가 한물, 아니 몇 물 간 애들뿐이다. 도련님들이 이런 불만을 표출한 적이 있는 건 사실입니다.

"어허, 주 실장님께서 중간에서 많이 곤란하셨겠습니다. 그래서 제가 파티에 참석할 멤버를 교체하려고 합니다."

—멤버 교체요? 누구를 보내시려는 겁니까?

"A급입니다. 혹시 이강희라고 아십니까?"

—방금… 이강희라고 했습니까?

주태준 실장이 살짝 놀란 목소리로 되물었다.

"맞습니다."

—이강희가 파티에 참석한다면 도련님들께서 무척 흡족해 하실 겁니다.

"그럼 그렇게 멤버를 교체하겠습니다."

—정 대표님 덕분에 오랜만에 제 어깨에 힘 좀 들어가겠습니다.

주태준 실장과의 통화를 마친 정종수가 고개를 돌렸다.

통화 내용에 귀를 기울이고 있던 이강희가 불안한 표정으로 질문했다.

"파티라니요? 제게 무슨 파티에 참석하란 건가요?"

"블루윈드'랑 계약 기간 아직 한참 남았잖아. 그 계약 기간 끝날 때까지 활동도 못 할 테니 너도 든든한 스폰서 하나 잡아야지."

"저더러… 성 접대를 하란 말씀이세요?"

"왜? 싫어?"

"당연히……."

"그새 맘이 변했어?"

"……."

"아까는 동영상만 없애 주면 내가 시키는 건 뭐든지 다 할 거라면서?"

이강희는 지그시 입술을 깨문 채 갈등하고 있었다.

그녀가 선택을 내리기 쉽도록 돕기 위해서 정종수가 다시 입을 뗐다.

"내가 시키는 대로 네가 파티에 참석했다는 보고가 들어오는 즉시, 동영상은 영원히 삭제할게."

"약속… 하시는 거죠?"

"내가 언제 약속 안 지킨 적 있어?"

"할게요."

이강희가 원하던 대답을 꺼낸 순간, 정종수가 속으로 그녀를 비웃었다.

'멍청하긴!'

아까 성 접대 자리에 참석하면 동영상을 삭제하겠다고 했던 약속.

정종수는 그 약속을 지킬 생각이 없었다.

'두고두고 우려먹어야지.'

동영상이라는 약점을 손에 움켜쥐고 있으면 앞으로도 이강희를 계속 뜻대로 움직일 수 있다.

그런데 그 약점을 없앨 이유가 뭐가 있을까.

"파티는 언제인가요?"

자신의 속셈을 꿈에도 알지 못하는 멍청한 이강희에게 정종수가 대답했다.

"이틀 뒤야. 차 보낼 테니까 얌전히 기다리고 있어."

*　　　　*　　　　*

'골든 키 스튜디오' 사무실이 입주해 있는 건물에서 빠져나오는 이강희는 손수건으로 눈가를 찍어 누르며 걸어왔다.

마치 주인공에서 버림받은 비련의 여주인공처럼 안쓰러운 모습.

금방이라도 쓰러질 것처럼 위태롭게 걸어오는 그녀를 부축

해 주고 싶다는 생각마저 들었을 정도였다.

그러나 도로변에 서 있던 차에 올라타자마자 이강희는 돌변했다.

"개새끼!"

'이게 여배우구나.'

백팔십도 달라진 그녀의 모습에 내가 속으로 감탄할 때, 신대섭이 물었다.

"어떻게 됐어?"

"동영상 없애 주겠대요."

"아무 조건 없이?"

"그럴 리가 있어요? 파티에 참석하는 조건이에요."

"파티라면… 성 접대?'

신대섭이 딱딱하게 표정을 굳힌 순간, 이강희가 양 주먹을 꽉 움켜쥐었다.

"뻔하죠. 날 구슬려서 일단 성 접대 시키고 나면, 동영상도 삭제 안 할 거예요. 비릿하게 웃고 있는 그 인간 상판대기에 주먹 날리고 싶은 것 참느라 얼마나 힘들었는지 몰라요."

빈말이 아니었다.

꽉 움켜쥐고 있는 이강희의 주먹은 부들부들 떨리고 있었으니까.

'청순가련의 대명사인 이강희가 이렇게 욕을 잘한다는 걸 알면 시청자들과 팬들이 얼마나 충격을 받으려나?'

문득 그런 생각이 들어서 내가 실소를 흘렸을 때, 이강희가
날 매섭게 노려보았다.

"지금 웃음이 나와요?"

"죄송합니다."

"난 시키는 대로 다 했어요. 이제 속 시원해요?"

"녹음했습니까?"

"했어요."

"주시죠."

이강희가 백에서 내 벽돌폰을 꺼내 돌려주며 물었다.

"이제 어쩔 거죠?"

"법대로 해야죠."

"법대로?"

의아한 시선을 던지는 이강희와 신대섭에게 내가 덧붙였다.

"증거 확보했으니까 고소해야죠."

*　　　　*　　　　*

검찰청 앞 커피 전문점.

나는 이청솔 부장 검사와 두 번째 만남을 가졌다. 그리고
녹음된 정종수 대표와 이강희의 대화 내용을 모두 들은 이청
솔은 무척 만족스러운 표정을 지었다.

"증거 확보 잘했네."

"선배님, 이 정도면 충분하겠죠?"

"차고 넘쳐. 바로 영장 발부받아서 '골든 키 스튜디오'로 쳐들어가도 되겠어."

이청솔이 의욕을 드러냈지만, 난 그런 그를 만류했다.

"하루만 더 참으시죠."

"무슨 소리야?"

"기왕이면 대어를 잡으셔야죠."

하루만 더 기다리면 정종수 대표의 표현대로라면 파티가 열린다.

그 파티에 참석하는 사회 고위층 자제들을 함께 엮어 넣으라는 내 말뜻을 이청솔이 알아듣지 못했을 리 없었다.

그럼에도 불구하고 그의 표정은 환하게 밝아지지 않았다.

"거기까진 자신 없어."

잠시 후, 이청솔이 고백했다.

파티 현장을 덮쳐서 사회 고위층 자제들을 체포하더라도 법대로 처벌받게 만들 자신이 없다는 솔직한 고백.

"압니다."

"응?"

"유전무죄, 무전유죄. 한국대 법학과 진학 예정인데 저도 그 정도는 압니다."

내가 알고 있다고 대답하자, 이청솔이 의아한 표정으로 물었다.

"그런데 왜 하루 더 참았다가 현장을 덮치라는 거야?"

"기브 앤드 테이크라고 표현하면 될까요?"

"기브 앤드 테이크?"

"이렇게 물심양면으로 도와주시는데 선배님도 얻는 게 있어야죠."

"⋯⋯?"

"승진하셔야죠."

이번 기회에 사회 고위층 자제들 몇 놈 엮어 넣는다고 해서 더러운 사회가 깨끗하게 청소되는 것이 아니다.

또 다른 놈들이 어디선가 나타나 계속 지저분한 일을 저지를 터.

"적당한 선에서 타협해도 된다는 뜻인가?"

"그렇습니다. 이 참에 그들에게 마음의 빚을 지워 두면, 선배님에게도 도움이 되지 않겠습니까?"

이청솔의 장점 중 하나.

말귀를 빨리 알아듣는다는 점이었다.

그가 희미한 웃음을 지은 채 물었다.

"'골든 키 스튜디오' 정종수 대표만 확실하게 짓밟으란 뜻이지?"

"맞습니다."

"그건 자신 있어. 내가 책임지고 확실하게 짓밟아 주지."

힘주어 대답하는 이청솔을 바라보던 내 입가에 미소가 번졌다.

'정의감도 있고, 눈치도 있고. 딱 적임자를 소개해 주셨네.'

채동욱이 내가 딱 원하던 검사를 소개해 줬다는 생각이 들었다.

그때, 이청솔이 다시 입을 열었다.

"아까 기브 앤드 테이크라고 했지? 내가 하는 일에 비해서 챙기는 게 너무 많은 것 같아서 미안한 마음이 드는데?"

'거기에 양심도 있네.'

내가 한쪽 입매를 비틀며 대답했다.

"그럼 다음에 더 신경 써 주십시오."

"다음?"

"설마 이번 일을 끝으로 저와 인연을 끊으실 건 아니시죠?"

"물론 아니지. 한국대 법학과 선후배 간의 끈끈한 정이 있는데."

이청솔이 기꺼운 표정으로 대답했다.

'손해 볼 건 없을 테니까.'

사건 물어다 주고, 증거 확보해 주고, 거기에 향후 승진에 유리할 수 있도록 적당한 타협안까지 제시했다.

이청솔 입장에서는 내가 밥을 다 해서 떠먹여 주고 있는 셈이나 마찬가지일 터.

나에 대한 호감도가 오를 수밖에 없었다.

내가 호감도가 상승한 기회를 놓치지 않고 입을 뗐다.

"선배님."

"말해."

"아까 미안하다고 말씀하셨으니까 부탁 하나만 더 드리겠습니다."

"어떤 부탁이지?"

"동영상이 유포되는 것을 막아 주십시오."

"그걸… 막을 수 있을까?"

이청솔이 자신 없는 표정으로 말한 순간, 내가 재빨리 덧붙였다.

"유포되는 것은 못 막습니다. 그렇지만 유포 범위를 최소한으로 줄이고 싶습니다."

"무슨 뜻이야?"

"최초 유포자가 동영상을 공개하면, 그 동영상이 음란 사이트에 올라가면서 걷잡을 수 없이 퍼질 겁니다."

"그렇지."

"그 연결 고리를 끊어 달란 뜻입니다."

"그 동영상이 유포되는 시점에 맞춰서 음란 사이트를 일제 단속해 달라?"

"네. 가능하겠습니까?"

"그거야 어렵지 않지."

이청솔이 아까와 달리 자신 있는 목소리로 대답했다.

"감사합니다. 이제 들어가 보셔야죠."

"웅? 그래야지. 다른 약속이 있나?"

"네. 동영상이 불러일으킬 후폭풍에 대비하려니까 할 일이 많습니다."

"또 뭘 준비하는 건가?"

이청솔이 호기심을 이기지 못하고 질문한 순간, 내가 대답했다.

"여자 혼자 몸으로 감당하기에는 너무 힘든 싸움이 아닙니까? 그래서 그녀의 아군을 만들어 주려고 합니다."

＊　　　　　＊　　　　　＊

차 안에는 정적이 흘렀다.

뒷좌석에 앉은 이강희가 불안한 표정으로 주변을 살폈다.

그렇지만 가로등 불빛조차 없이 캄캄해서 여기가 어디인지도 알 수 없었다.

'안성 근처인 것 같은데.'

결국 현재 위치를 파악하는 것을 포기한 이강희가 눈을 감았다.

'결국 이렇게 됐네.'

연예계에 종사하는 여배우들이 암암리에 성 접대를 하는 것.

이강희도 알고 있었다.

그렇지만 자신과는 상관없는 일이라고 생각했다.

톱스타가 되면 그런 유혹조차 없을 거라 확신했기 때문이었다.

그런데 지금 자신이 성 접대 자리에 끌려가고 있다는 사실이 서글펐다.

스르르.

그때 차가 멈추었다.

목적지에 도착한 것을 직감한 이강희가 감았던 눈을 뜬 순간, 뒷좌석 문이 열렸다.

"내리시죠."

뱀처럼 차갑고 교활한 음성이 귓속으로 파고들었을 때, 이강희의 몸이 본능적으로 바르르 떨렸다.

"대섭 오빠."

겁에 질린 이강희가 지금 기댈 수 있는 것, 신대섭뿐이었다.

신대섭은 무슨 일이 있어도 널 지켜 줄 거라고 말했지만, 그래도 불안감은 쉬이 가시지 않았다.

'골든 키 스튜디오' 정종수 대표는 너무 강하고 무서운 상대였기 때문이었다.

'대섭 오빠가 날 지켜 줄 수 있을까?'

그래서 의심이 깃든 순간, 이강희의 눈앞에 한 남자의 얼굴이 떠올랐다.

'서진우.'

아직 앳된 티를 벗지 못했지만, 서진우는 매사에 자신감이 있었다.

그리고 상황을 정확하고 예리하게 분석하는 재주를 갖고 있었다.

아직 서진우에 대해서 아는 것보다 모르는 것이 더 많았지만, 이상하게 그는 믿음이 갔다.

서진우라면 어떤 대비책을 마련해 놓지 않았을까 하는 막연한 믿음.

"어서 내리시죠."

여전히 뱀처럼 차갑고 교활한 음성으로 남자가 재촉했다.

더 버티지 못하고 이강희가 차에서 내렸다.

칠흑 같은 어둠 속에서 유일하게 환하게 불이 켜져 있는 별장이 마치 호랑이굴처럼 느껴졌다.

"안으로 들어가시죠."

정체도 밝히지 않는 남자의 재촉을 받으며 이강희가 별장으로 들어섰다.

그런 그녀의 눈에 가장 먼저 들어온 것.

속옷만 입은 남녀가 끌어안고 춤을 추는 모습이었다.

이강희의 등장조차 알아채지 못하고 서로의 몸을 탐하는 남녀의 모습에서 이강희가 시선을 떼지 못하고 있을 때였다.

"거기 멍하니 서서 뭐 해?"

그녀의 앞으로 한 남자가 다가왔다.

'누구더라?'

분명히 어디서 본 기억이 있는 젊은 남자였다.

'도기철!'

이강희가 한참 만에 젊은 남자의 이름을 떠올리는 데 성공했을 때, 그가 말했다.

"빨리 안 벗고."

*   *   *

헤드라이트와 시동까지 끈 차 운전석에 앉아 있는 신대섭은 안절부절못하고 있었다.

반면 조수석에 앉아 있는 나는 느긋했다.

신대섭과 달리 믿는 구석이 있기 때문이었다.

"더는 안 되겠습니다."

신대섭이 더 기다리지 못하고 차 문을 열고 나가려 했을 때, 내가 말했다.

"신 대표님, 아직 때가 아닙니다."

"하지만······."

"이 별장이 누구 소유인지 아십니까?"

"모릅니다."

"도천호 소유의 별장입니다."

"도천호라면··· 중흥일보 사장이 맞습니까?"

"네. 경비원들이 쫙 깔려 있는데 혼자 쳐들어가서 이강희 씨를 구할 수 있을 정도로 싸움 잘하십니까?"

"그건……."

"그리고 중흥일보와 싸워서 이길 자신 있습니까?"

"……."

"그러니까 기다리세요. 곧 우리 편이 들이닥칠 테니까요."

Chapter. 3

"대체 그 우리 편이 누굽니까?"

"마침 도착했네요."

승합차를 포함해서 열 대가 넘는 검정색 차량이 별장 앞에 도착했다.

수십 명이 넘는 검찰 수사관들과 평검사들을 데리고 별장에 찾아온 이청솔 부장 검사였다.

"부장 검사님께서 직접 오셨네."

내가 차에서 내려서 검찰 수사관들에게 별장 안으로 진입하라는 명령을 내리는 이청솔을 바라보고 있을 때였다.

"방금 부장 검사라고 했습니까?"

"네. 서울 서부지검 이청솔 부장 검사님께서 직접 나셨네요."

"혹시… 서진우 씨가 부른 겁니까?"

"네."

"이청솔이란 부장 검사와 원래 아는 사이입니까?"

"선배님이십니다."

일반인들은 평검사와도 만나기 어렵다.

그러니 부장 검사와 친분을 쌓는 것은 하늘의 별 따기나 마찬가지.

그런데 예비 대학생인 내가 서부 지검 부장 검사 이청솔과 친분이 있다 하니 신대섭은 깜짝 놀랄 수밖에 없었다.

"선배님 일 처리 솜씨가 아주 깔끔하십니다. 지금쯤 '골든 키 스튜디오'에도 검사들이 들이닥쳤을 겁니다. 정종수 대표는 구속될 겁니다."

"정종수 대표가 구속이 될 거라고 했습니까?"

"나쁜 짓 했으니까 벌받아야죠."

이 상황이 쉬이 믿기지 않는 걸까.

신대섭은 당황한 기색이 역력했다.

그런 그에게 내가 물었다.

"뭐 하고 있어요?"

"네?"

"빨리 들어가서 이강희 씨를 구해야죠."

"아, 그래야죠."

신대섭이 차 문을 열고 내리자마자 별장 안으로 달려 들어갔다.

그제야 나도 차에서 내렸다.

굳이 신대섭이 들어가지 않아도 되는 상황이었다.

검찰 수사관들이 들이닥친 순간, 파티는 쫑 났을 것이기 때문이었다.

그럼에도 불구하고 내가 신대섭을 별장 안으로 들여보낸 데는 이유가 있다.

위험에 처한 소속사 여배우 이강희를 구하기 위해서 위험을 기꺼이 무릅쓰고 달려온 소속사 대표 신대섭.

그림이 좋지 않은가?

별장 안에는 다른 여배우들이나 여가수도 있었다.

그리고 그들은 입이 가벼웠다.

자신을 구하러 찾아온 신대섭의 품에 안긴 채 안도하며 오열하는 이강희에 대한 소문이 곧 퍼질 것이었다.

그럼 신대섭에 대한 배우들의 신망이 더 깊어질 터.

내가 별장 쪽을 바라보고 있을 때, 마침 이청솔 부장 검사와 시선이 마주쳤다.

그런 그에게 목례하며 내가 작게 말했다.

"선배님, 잘 부탁드립니다."

　　　　＊　　　　　＊　　　　　＊

　"좋네."

　30년산 발렌타인 위스키는 향이 좋았다.

　잔을 들어 입으로 가져갔을 때, 탁자 위에 올려 둔 휴대 전화가 진동했다.

　지이잉, 지이잉.

　"감사 인사라도 하려고 전화한 건가?"

　주태준 실장에게서 걸려 온 전화임을 확인한 정종수가 왼손을 뻗어서 휴대 전화를 집어 들었다.

　"주 실장님, 우리 사이에 감사 인사는……."

　─정 대표님, 큰일 났습니다.

　심각하기 짝이 없는 주태준의 목소리를 들은 정종수가 소파에서 등을 뗐다.

　"무슨 일입니까?"

　─파티장에 검찰이 들이닥쳤습니다.

　"검찰… 요?"

　예상치 못했던 전개에 정종수의 표정에서 느긋함이 사라졌을 때였다.

　"정종수 씨, 안에 있죠?"

　"대표님, 지금 부재중……."

　"안에 있는 거 다 알고 있습니다. 계속 거짓말하고 막아서면 공무 집행 방해죄로 처벌받을 수 있습니다."

대표실 밖에서 소란이 일었다.

검찰이 들이닥쳤음을 직감적으로 알아챈 정종수가 서둘러 휴대 전화에 저장된 번호를 검색했다.

"누구한테 연락해야 하지?"

수많은 연락처 중 정종수가 선택한 것은 김기태 부장 검사였다.

평소 술 접대와 성 접대를 하며 친분을 쌓은 김기태 부장 검사라면 도움을 줄 수 있을 거라고 판단해서였다.

뚜루루, 뚜루루.

그러나 김기태 부장 검사는 전화를 받지 않았다.

"개새끼. 왜 필요할 땐 전화를 안 받고 지랄이야."

접대해 주겠다고 연락할 때는 꼬박꼬박 전화를 받던 김기태 부장 검사는 가장 필요한 순간에는 정종수의 전화를 받지 않았다.

"누구한테 전화하지?"

정종수가 초조한 표정으로 다시 휴대 전화에 저장된 연락처를 검색할 때였다.

콰앙.

대표실 문이 열리고 검사와 검찰 수사관들이 안으로 들이닥쳤다.

"정종수 씨? 안에 있었네."

"너, 누구야?"

"서부 지검 검사 조동재입니다. 이건 압수 수색 영장, 그리고 이건 체포 영장. 확인하셨죠? 정종수 씨, 당신을 협박, 강요 및 성범죄 알선 혐의로 체포합니다. 변호사를 선임할 수 있고, 불리한 진술을 거부⋯⋯."

"이 새끼, 내가 누군지 알고 어디서 행패야? 내 전화 한 통이면 네깟 평검사 모가지 날리는 건 한순간⋯⋯."

탁.

정종수가 소리치고 있을 때, 조동재가 다가와서 손에 들려 있던 휴대 전화를 낚아채 갔다.

"이것도 압수합니다. 그리고⋯⋯."

조동재가 씨익 웃으며 덧붙였다.

"누구 모가지가 먼저 날아가는지 어디 한번 두고 봅시다. 이 분위기 파악 전혀 못 하는 양아치 새끼야."

*   *   *

"결국⋯ 터졌습니다."

'골든 키 스튜디오'의 정종수 대표가 구속된 상황.

신대섭 입장에서는 무척 강한 적이 사라진 셈이었다.

그럼에도 불구하고 해장국 집에서 만난 신대섭의 표정은 밝지 않았다.

우려했던 대로 이강희의 동영상이 유포됐기 때문이었다.

그렇지만 난 당황하지 않았다.

이미 예상했던 전개였기 때문이었다.

"식사하시죠."

내가 숟가락을 들자, 신대섭이 황당한 시선을 던졌다.

"지금 이 판국에 밥이 넘어갑니까?"

"그럼 뭘 하실 겁니까?"

"네?"

"이미 인터넷에서 퍼지기 시작한 동영상을 신대섭 대표님이 혼자 힘으로 막을 수 있습니까?"

"그건… 불가능하죠."

"그러니까 식사부터 하시죠. 앞으로 꽤 길고 힘든 싸움이 시작될 텐데 신대섭 대표님이 먼저 지치면 안 되니까요."

"…알겠습니다."

신대섭이 더 버티지 못하고 숟가락을 들었다.

억지로 해장국을 떠 먹기 시작하는 그에게 내가 말했다.

"'골든 키 스튜디오'가 무너져 업계에 지각 변동이 있을 겁니다. '블루윈드'도 준비를 시작해야 합니다."

"어떤 준비를 해야 한다는 겁니까?"

"'골든 키 스튜디오' 소속 배우들이 시장에 쏟아져 나올 겁니다. 그중 옥석을 가려야죠."

정종수 대표를 구속시키는 것이 내 목표의 끝이 아니었다.

진짜 목표는 그 이후였다.

물론 정종수 대표가 구속됐다고 해서 '골든 키 스튜디오' 소속 배우들이 한꺼번에 계약이 해지되는 것은 아니었다.

새로운 인수자가 나타나면서 배우들의 전속 계약도 이어질 것이었다.

그러나 '골든 키 스튜디오'의 중심은 정종수 대표였다.

그런 그가 사라졌으니, 배우들은 전속 계약 기간이 끝나면 미련 없이 '골든 키 스튜디오'에서 빠져나갈 확률이 높았다.

그리고 '골든 키 스튜디오'와 결별하는 배우들 가운데 좋은 배우들을 '블루윈드'로 데려오는 것이 내 진짜 목표 중 하나였다.

여기까지는 계산에 넣지 못했기 때문일까.

놀란 표정을 짓고 있던 신대섭의 낯빛이 어두워졌다.

"자금이 부족합니다."

연예 기획사 대표라면 누구나 좋은 배우들을 영입하고 싶어 한다.

신대섭도 마찬가지.

그 역시 정종수 대표의 구속이 스타가 될 가능성이 있는 좋은 배우들을 '블루윈드'로 영입할 수 있는 절호의 기회임을 알아챈 듯했다.

다만 자금이 부족해서 시장에 풀리게 될 좋은 배우를 영입할 기회를 놓쳐야 한다는 것으로 인해 아쉬움을 표하는 것이었다.

"가능성이 엿보이는 신인 배우들 위주로 영입할 생각입니다."

특급 배우들을 영입하는 데는 돈이 많이 든다. 거액의 계약금을 건네야 했기 때문이었다.

그래서 난 최소한의 계약금만 지불하면 되는 신인 배우 위주로 영입전을 펼칠 것이라고 예고했다.

"현실적으로는 그 방법이 최선이죠."

'블루윈드'의 현재 자금 사정을 잘 알고 있는 신대섭이 고개를 끄덕여 동의했을 때였다.

"대표님에게 부탁이 있습니다."

"어떤 부탁입니까?"

"배용진을 만나서 '블루윈드'로 이적할 생각이 있는지 의향을 물어봐 주십시오."

*   *   *

내 기억 속 '신패밀리'는 명실공히 대한민국 최고의 연예 기획사였다. 그리고 '신패밀리'가 대한민국 최고의 연예 기획사로 발돋움할 수 있도록 밑바탕이 된 것은 바로 배용진의 영입이었다.

한류 스타 배용진.

그는 한류의 시초라고 할 수 있는 남자 배우였고, '신패밀리'에 엄청난 수익을 안겨 준 장본인이었다.

내가 수많은 연예 기획사 종사자들 가운데 하필 신대섭을 선택하고 '블루윈드'에 투자를 선택한 이유 중 하나가 배용진이었다.

배용진과 신대섭의 사이.

무척 각별했다.

"용진이는 아직 이전 소속사와 전속 기간이 남아 있습니다."

"얼마나 남아 있죠?"

"일 년 정도 남아 있는 걸로 알고 있습니다."

"그럼 일 년 뒤에는 '블루윈드' 소속 배우가 되겠다는 구두 약속 정도는 받아 놓을 수 있지 않습니까?"

"그럴 필요 없습니다."

"왜 그럴 필요가 없다는 거죠?"

"이미 구두 약속을 받아 뒀으니까요. 용진이는 현 소속사에 불만이 많습니다. 그래서 전속 계약이 끝나는 대로 저와 함께 일하겠다고 약속했습니다."

"그거 듣던 중 반가운 소리네요."

"하지만 문제가 있습니다."

"어떤 문제죠?"

"일 년 뒤에 '블루윈드'가 버티고 있을지 모르겠거든요."

신대섭이 한숨을 내쉬며 대답했다.

내가 '블루윈드'에 십억을 투자하면서 급한 불은 끈 상황.

그러나 말 그대로 급한 불을 껐을 뿐이었다.

현재 '블루윈드' 소속 배우들 가운데 수익을 올릴 수 있는 배우는 이강희뿐이라고 해도 과언이 아니었다.

그런데 이강희의 성관계 동영상이 막 유포되기 시작한 상황.

수입원이 없는 가운데 고정 비용만 계속 나가는 구조가 된 셈이었다.

이것이 신대섭이 일 년 후에도 '블루윈드'가 존속할 수 있는가 여부에 대해서 확신을 갖지 못하는 이유.

"그 걱정은 제가 하겠습니다. 그러니까 신대섭 대표님은 이강희 씨에게만 계속 신경 쓰세요."

"하지만……."

"저 먼저 일어나겠습니다."

"왜 벌써 일어나십니까?"

신대섭의 질문에 내가 대답했다.

"중흥일보 도천호 대표와 약속이 있습니다."

*　　　　　*　　　　　*

"자, 제 잔 한 잔 받으시죠."

도천호가 술 주전자를 들어 올리며 제안했다. 그렇지만 이청솔은 앞에 놓인 잔을 들지 않았다.

"아직 근무 시간입니다."

"그렇군요."

도천호가 멋쩍은 표정으로 술 주전자를 슬그머니 내려놓으려 했을 때, 이청솔이 손을 뻗어 술잔을 잡았다.

"그래도 도 대표님께서 주시는 잔을 받지 않을 수는 없죠. 딱 한 잔만 마시겠습니다."

'알아본 대로 융통성이 있군.'

서울 서부지검 형사부 부장 검사 이청솔.

사실 이번 일이 있기 전에는 도천호는 이청솔 부장 검사의 존재조차 몰랐다

대검이나 중앙 지검도 아니고 서부 지검 소속.

게다가 특수부도 아닌 형사부 부장 검사여서 든든한 배경이 있는 것도 아니었다.

그러나 지금은 상황이 달라졌다.

지금 마주 앉아 있는 이청솔 부장 검사가 아들인 도기철의 목숨 줄을 손에 쥐고 있기 때문이었다.

'한심한 놈.'

도기철의 여성 편력이 심한 편이라는 것은 이미 알고 있었다. 그리고 도천호는 그것을 탓하지 않았다.

젊을 때 실컷 놀고 나면 가업을 물려받기 적당한 때가 됐을

때 정신을 차릴 거라 생각했기 때문이었다.

그렇지만 문제는 도기철이 입단속을 제대로 못 했다는 것이었다.

그래서 구속되기 일보 직전이었고.

"혹시 법무 법인 청우를 아십니까?"

"명색이 검사인데 법무 법인 청우를 모를 수는 없죠."

"실은 제가 법무 법인 청우의 진성우 대표와 친분이 깊습니다. 얼마 전에 함께 술자리를 가졌는데 진성우 대표가 경험과 실력을 두루 갖춘 법조인을 파트너 변호사로 모시고 싶다고 제게 추천할 만한 분이 있느냐고 부탁하더군요. 그동안 마땅한 적임자를 추천하지 못해서 진성우 대표에게 미안했는데, 오늘에서야 적임자를 찾았다는 생각이 듭니다. 혹시 생각 있으십니까?"

법무 법인 청우의 파트너 변호사가 되면 연봉이 최소 10억 이상이다.

거기에 개인 비서와 운전기사가 딸린 차량 제공까지.

서부 지검 부장 검사인 이청솔이 법무 법인 청우의 파트너 변호사가 되면 받을 수 있는 혜택에 대해 모를 리 없을 터.

그래서 제안을 한 후 기다리고 있자, 이청솔이 웃으며 물었다.

"제가 법무 법인 청우의 파트너 변호사가 되고 싶다고 이 자리에서 말하면, 정말 파트너 변호사가 될 수 있는 겁니까?"

"물론입니다."

"아주 좋은 기회네요. 하지만 그 제안은 거절하겠습니다."

"이유를 물어봐도 될까요?"

"전 검사가 천직인 것 같습니다."

이청솔에게서 돌아온 대답을 들은 도천호가 속으로 안도의 한숨을 내쉬었다.

협상 따위는 없다.

법대로 처리하겠다.

도천호가 가장 우려했던 대답이었다.

그런데 이청솔은 다른 대답을 꺼냈다.

그리고 검사가 천직이란 대답에 담긴 속뜻.

승진을 원한다는 뜻이니 협상에 임하겠다는 의미였다.

"검찰 정기 인사가 얼마나 남았습니까?"

"두 달 후입니다."

"두 달 후에 차장 검사 승진 축하 화환을 보내겠습니다."

이청솔이 입가로 번지려는 웃음을 억지로 참으며 손사래를 쳤다.

"화환은 보내실 필요 없습니다. 괜한 오해를 받을 수도 있으니까요."

"아, 듣고 보니 제 생각이 짧았습니다."

'됐다.'

술잔을 비운 도천호가 협상이 성사됐다고 판단하며 입을

뗐다.

"자식 교육은 제가 다시 시키겠습니다. 언제쯤 집으로 돌아올 수 있을까요?"

"그건… 잠시만요."

이청솔이 휴대 전화를 꺼내서 어디론가 전화했다.

"도착했어? 그래. 이제 들어오면 돼."

짤막한 통화를 마치는 이청솔에게 도천호가 물었다.

"손님이 더 있습니까?"

"네. 대학교 후배인데 도천호 대표님과 만날 거라고 하니 꼭 참석하고 싶다고 부탁했습니다."

"그래요?"

'속셈이 뭐지?'

무려 부장 검사씩이나 되는 이청솔이 오늘 식사 자리의 의미를 모르지 않을 터.

그런데 이 자리에 대학 후배를 부른 데는 어떤 이유가 있을 거란 생각이 들었다.

'후배 검사인가? 아니면, 취업 청탁이라도 하려는 건가?'

도천호의 머릿속이 복잡해졌을 때, 특실의 문이 열리고 젊은 남자가 들어왔다.

"처음 뵙겠습니다. 서진우라고 합니다."

"도천호라고 하네."

예상했던 것보다 훨씬 더 어려 보이는 사내의 외양을 확인한 도천호가 눈매를 좁혔을 때였다.

"실례를 무릅쓰고 이렇게 찾아온 이유, 도천호 대표님에게 드리고 싶은 말씀이 있어서입니다."

"말하게."

"혹시 이강희라는 여배우를 아십니까?"

"…알고 있네."

이강희라는 여배우.

도기철이 검거될 때 별장에 머물렀던 여배우 중 한 명이었다.

그래서 도천호가 미간을 찌푸린 채 알고 있다고 대답하자, 서진우가 다시 입을 뗐다.

"이강희 씨는 연예 기획사 '블루윈드' 소속 여배우입니다. 그리고 '골든 키 스튜디오' 정종수 대표의 협박에 못 이겨서 억지로 별장에 끌려갔습니다. 그래서 이번 사건의 전후 사정에 대해서 가장 잘 알고 있는 여배우죠. 그런 이강희 씨가 제게 그러더군요. 별장에서 마약을 봤다고."

"……"

"단순히 마약을 목격한 게 다가 아니라 도천호 대표님의 자제분인 도기철 씨가 본인에게 마약을 투약하려 했다고도 증언했습니다."

"그 이야기를… 지금 내게 하는 이유가 뭔가?"

"협상을 하기 위함입니다."

"협상?"

"성폭행 미수에 마약류 투약이면… 선배님, 형량이 얼마나 나옵니까?"

"최소 오 년 이상이지."

이청솔이 대답하기 무섭게 서진우가 물었다.

"결정하시죠. 오 년 동안 도기철 씨를 감옥에서 썩게 두실 건지, 아니면 제 부탁을 들어주실지 말입니다."

"크흠……."

"여배우이기 이전에 불쌍한 여자입니다."

도천호가 결정을 내리기 쉽도록 돕기 위해서 내가 다시 운을 뗐다.

"본인의 성관계 동영상을 수많은 사람들이 몰래 본다는 것, 여자로서 얼마나 수치스럽겠습니까? 그래서 저는 도천호 대표님이 이강희 씨를 도와주셨으면 합니다.'

"날더러… 어찌 도우라는 건가?"

"중홍일보는 힘이 있지 않습니까? 중홍일보에서 프레임을 짜서 기사를 내보내 주신다면 큰 도움이 될 것 같습니다."

"프레임?"

"왜 놀라고 그러십니까? 중홍일보가 가장 잘하는 것이 프레임을 짜고 기사를 쏟아 내서 여론을 형성하는 것 아닙니까?"

내가 정곡을 찌르자 도천호가 짤막한 한숨을 내쉬었다.

"내가 그렇게 해야 하는 이유가 있나?"

"도기철 씨를 위해서죠. 여자가 한을 품으면 오뉴월에도 서리가 내린다고 했습니다. 동영상이 유포되면서 궁지에 몰릴 대로 몰린 이강희 씨가 독하게 마음을 먹고 별장에서 목격했던 것을 수사 기관에 다 발설하면 도기철 씨가 곤란해지지 않겠습니까?"

"지금 날… 협박하는 건가?"

"협박이 아닙니다. 기회를 드리는 겁니다."

"기회?"

"궁지에 처한 한 여자를 구할 수 있는 기회, 그리고 중흥일보의 이미지를 좋게 바꿀 수 있는 기회 말입니다."

"좀 더 자세히 말해 보게."

"이제 대한민국의 모든 매체에서 이강희 씨의 동영상과 관련된 기사를 쏟아 낼 겁니다. 온갖 자극적인 제목을 갖다 붙이면서 숱한 기사들을 양산하겠죠. 그때 중흥일보가 다른 매체들과는 프레임이 전혀 다른 기사를 내보내는 겁니다. 피해자가 아닌 가해자에 포커스를 맞추는 거죠."

"가해자에 포커스를 맞춘다?"

'일단 흥미를 잡아끄는 데 성공했네.'

도천호가 흥미를 느끼며 자세를 고쳐 앉았을 때, 내가 말을 이었다.

"성인 남녀가 육체관계를 맺는 것, 요즘 세상에는 흔한 일입니다. 금기를 깬 것도 아니고, 범죄를 저지르는 것도 아니죠.

이강희 씨도 마찬가지입니다. 사랑하던 남자와 육체관계를 맺은 것이 범죄를 저지른 것은 아니지 않습니까? 그런데 모든 비난은 이강희 씨에게 쏟아지게 될 겁니다. 저는 그 프레임을 바꾸는 것이 옳다고 판단합니다. 진짜 비난을 받아야 할 사람, 그리고 범죄를 저지른 사람은 이강희 씨의 동의 없이 몰래 동영상을 촬영한 남자, 또 그 몰래 촬영한 동영상을 유포하겠다고 협박했던 정종수 대표라는 것을 부각시키는 겁니다."

"다음은?"

"대중들에게 알려야죠. 당신도 이강희라는 여배우처럼 몰카 범죄의 피해자가 될 수 있다. 그러니 피해자인 이강희가 아니라 범죄를 저지른 남자를 비난하는 것이 옳다는 사실을 말입니다."

갈증이 나는 걸까.

물컵을 들어서 목을 축인 후 도천호가 입을 뗐다.

"이야기 아주 잘 들었네. 그런데 궁금한 게 두 가지가 있네."

"말씀하시죠."

"우선 프레임을 그렇게 짜서 기사를 내보내는 것을 통해 중흥일보가 얻을 수 있는 이득이 대체 뭔가?"

"이미지 쇄신이죠. 이 프레임대로 기사를 내보내서 여론이 바뀌면 중흥일보는 깨어 있는 신문이라는 이미지를 얻을 수 있을 겁니다."

"어쩌면… 자네 말처럼 이미지 쇄신이 될 수도 있겠군. 그럼 두 번째 질문을 하겠네. 자네는 누군가?"

"네?"

"이강희라는 여배우를 위해서 이렇게 나서는 것, 무슨 이유가 있기 때문이 아닌가?"

"아, 중요한 걸 빼먹었네요. 저는 이강희 씨가 현재 속해 있는 연예 기획사 '블루윈드'의 최대 투자자입니다."

내가 '블루윈드'의 최대 투자자라는 사실을 알고 난 후, 도천호는 비로소 납득한 표정을 지었다.

"자네 뜻대로 기사를 내보냈을 때 내가 얻는 건 뭔가?"

"도기철 씨가 일찍 집으로 돌아갈 겁니다."

도천호의 아들인 도기철.

인간쓰레기나 다름없다.

이번은 물론이고 그동안 지었을 죄도 결코 가볍지 않으리라.

성질 같아서는 도기철을 감옥에 처넣고 푹 썩게 만들고 싶었다.

'그게 무슨 의미가 있지?'

그러나 내가 생각을 바꾼 이유.

도기철이란 인간쓰레기를 하나 처리한다고 해서 이 세상이 달라지지 않는다는 사실을 잘 알고 있기 때문이다.

차라리 여론의 흐름을 바꿀 수 있을 정도로 영향력이 큰

중홍일보를 이용해 억울한 피해자인 이강희를 돕는 편이 더 이득이라고 판단했다.

"알겠네."

"그럼 협상은 성립된 겁니까?"

"이청솔 부장 검사님의 대답 여하에 따라 달라지겠지."

도천호가 고개를 돌린 순간, 이청솔이 기다렸다는 듯이 대답했다.

"아드님은 곧 만나실 수 있을 겁니다. 대신 자식 교육을 책임지고 시키겠다는 약속은 지키셔야 합니다."

도천호가 이를 바드득 갈며 대답했다.

"그 약속은 꼭 지키겠습니다."

*　　　*　　　*

"진우야, 저녁 먹어."

식탁에 앉은 난 밥공기가 세 개뿐임을 확인하고 의아한 표정을 지었다.

"아버지는 야근이세요?"

"아니, 오늘 송별회가 있대."

"송별회요?"

"응, 오래 같이 일했던 회사 동기분이 퇴사한대."

"그래요?"

"자기 사업 한다고 그만두나 봐."

'엄마가 걱정하실까 봐 일부러 그렇게 말씀하셨나 보네.'

IMF 구제 금융 사태를 앞두고 있는 지금의 경기는 무척 어렵다.

이 시점에 사업을 시작하는 것.

섶을 등에 지고 불구덩이로 뛰어드는 것이나 마찬가지다.

아버지의 직장 동료는 아마 회사가 어려워져 구조 조정을 하는 과정에서 정리 해고를 당했을 것이었다.

엄마가 걱정할까 봐 아버지는 그 사실을 감추신 것이고.

"서진우, 뉴스 좀 틀어 봐."

그때, 누나가 식탁 앞에 앉으며 말했다.

리모컨으로 채널을 돌려서 뉴스가 방송되는 채널을 찾았다.

―다음 소식입니다. 여배우 이강희 씨의 성관계 동영상 유출 사건을 수사 중인 검찰이 최초 유포자인 오 모 씨를 검거했다고 밝혔습니다.

앵커의 멘트를 듣고 있던 내가 미간을 찌푸렸다.

피해자인 이강희의 이름은 실명으로 밝히면서 가해자인 오지환의 이름은 오 모 씨라고 표현하는 게 마음에 들지 않아서였다.

"아우, 진짜 나쁜 놈. 나한테 걸리면 귀싸대기를 한 대 날려 줄 텐데."

그때, 누나가 흥분한 채 언성을 높였다.

그 반응을 확인한 내가 물었다.

"지난번이랑 반응이 바뀌었네?"

"응?"

"전에는 평소 행실을 어떻게 하고 다녔으면 저런 동영상까지 찍혔느냐고 하면서 이강희를 욕했잖아."

"그사이 생각이 바뀌었어."

"왜 생각이 바뀌었는데?"

"곰곰이 생각해 보니까 강희 언니가 잘못한 게 아니더라고. 강희 언니의 동의도 없이 동영상을 몰래 촬영한 놈이 진짜 나쁜 놈이야. 나만 이렇게 생각하는 게 아냐. 우리 과 친구들도 다 나와 생각이 같아."

'빠르다.'

내 예상보다 여론의 방향이 바뀌는 속도가 훨씬 빨랐다. 그리고 이건 그냥 벌어진 일이 아니다.

중흥일보에서 내가 짜 준 프레임에 맞춰서 후속 기사들을 차례로 내보낸 것이 첫 번째 이유.

이청솔 부장 검사가 동영상 유포 시점에 맞춰 음란 사이트들을 일제 단속해서 관련자들을 구속 수사하면서 동영상의 유포 범위를 최소한으로 막아 낸 것이 두 번째 이유였다.

'재기가 더 빨라질 수도 있겠네.'

이강희는 몰카 동영상의 피해자라는 인식이 각인되면서 대중들은 그녀에게 동정심을 품었다.

또, 의도했던 바는 아니지만, 이번 사건으로 인해 이강희의 인지도는 이전보다 대폭 상승했다.

그때 누나가 두 눈을 가늘게 좁힌 채 날 바라보며 물었다.

"너도 동영상 찾아본 거 아냐?"

"누나 동생, 그렇게 저급한 남자 아니거든."

"그래. 넌 절대 그러지 마라."

잠시 후, 누나가 한숨을 푹 내쉬며 다시 입을 뗐다.

"그나저나 우리 강희 언니는 지금 얼마나 힘들까? 힘내라고 말하면서 응원해 주고 싶은데 방법이 없네."

"내가 전해 줄게."

"뭐?"

"내가 그 말 대신 전해 주겠다고."

"모르는 사람이 들으면 강희 언니랑 아는 사이라고 오해하겠네. 흰소리 그만하고 밥이나 먹어."

흰소리 한 게 아니다.

난 이강희와 잘 아는 사이다.

그러니 누나가 한 말을 그녀에게 전해 줄 수 있다.

그렇지만 이강희와 내가 어떻게 친분이 쌓였는가에 대해서 누나에게 설명하기가 난감해서 입을 꾹 다물고 내가 막 숟가락을 들었을 때였다.

지이잉, 지이잉.

주머니 속 벽돌폰이 진동했다.

"여보세요?"

내가 전화를 받자, 수화기 너머로 익숙한 목소리가 들려왔다.

—진우야, 애비다.

*　　　　　*　　　　　*

집 근처 삼겹살집.

서태호가 말없이 소주잔을 채우고 비우기를 반복했다.

"태호야, 말해 봐. 내가 뭘 그렇게 잘못했어?"

그런 서태호의 귓가로 입사 동기였던 김충엽 과장이 울면서 소리치던 목소리가 자꾸 되살아났다.

청춘을 몽땅 바쳐 일했던 회사에서 버림받았다는 서운함과 상실감 때문일까.

김충엽은 감정을 주체하지 못하고 폭음한 후 만취했다.

그로 인해 일찍 송별회가 끝이 난 후, 서태호는 집으로 들어가는 대신 집 근처 삼겹살집을 찾았다.

이대로는 도저히 잠이 오지 않을 것 같아서였다.

"인생 참 허망하네."

서태호가 한숨을 내쉬었다.

구조 조정을 단행한 회사의 정리 해고 대상자 명단에 자신의 이름이 포함되지 않았다는 것을 확인한 순간, 서태호는 일단 안도했다.

그렇지만 정리 해고 대상자 명단에 이름이 포함된 또 다른 누군가는 절망했다.

청춘을 모두 바쳐서 일했던 회사에서 버림받았으니까.

그리고 아직 끝이 아니었다.

여전히 경기는 좋지 않았고, 다음 정리 해고 대상자 명단에는 자신의 이름도 포함될 가능성이 충분했다.

"아버지."

그때, 서진우가 도착했다.

"괜히 귀찮게 불러내서 미안하다."

"아닙니다. 오히려 아버지 전화를 기다리고 있었습니다."

"응?"

"소주가 마시고 싶었거든요."

"녀석도 참. 앉아라. 한 잔 받아."

서태호가 소주병을 들어서 서진우의 술잔을 채워 주었다.

"감사합니다."

"소주 마실 기회를 줘서 그렇게 고마워?"

"아니요."

"그럼?"

"지난번에 힘드신 일이 있을 때, 부담 갖지 말고 1번 꾹 눌러서 저한테 연락하시라고 부탁드렸잖아요. 그 부탁 들어주신 것요."

"진우, 너와 술 한잔 같이하면 좋겠다는 생각이 들어서 연락했다."

"잘하셨어요."

'언제 이렇게 컸지?'

서태호가 함께 마주 앉아 소주잔을 기울일 정도로 몸도 마음도 훌쩍 커 버린 서진우를 뿌듯하게 바라볼 때였다.

"요새 많이 힘드시죠?"

"워낙 경기가 안 좋으니까. 그래도 좀 더 시간이 지나면 경기가 다시 좋아질 거야. 그럼 다 괜찮아질 거야."

서태호가 애써 웃으며 대답한 순간이었다.

"아니요. 경기는 다시 좋아지지 않습니다."

"응?"

"제가 얼마 전에 우연히 만나게 된 투자 전문가가 있습니다. 그분이 예언했습니다. 경기는 지금보다 좋아지지 않고 더 나빠질 거라고. 그러니까 제게 최악의 상황을 준비해야 한다고 충고했습니다."

'지금보다 더 나빠진다?'

서태호가 소주잔을 들어 입으로 가져갔다.

만약 서진우가 언급했던 투자 전문가의 예측이 적중한다면?

회사는 다시 구조 조정을 할 것이었고, 그때는 자신의 이름이 정리 해고 대상자 명단에 포함될 확률이 높았다.

'그때는 어떻게 해야 하지?'

서태호가 눈앞이 아득해지는 느낌을 받았을 때였다.

"아버지, 제가 있다는 사실을 잊지 마세요."

서진우가 덧붙였다.

"이제 무거운 짐을 저와 나누어 지셔도 됩니다."

'진짜 많이 컸구나.'

자신이 혼자 짊어지고 있던 가장의 무게를 나눠 지겠다고 말하는 것이 서진우가 많이 컸다는 증거였다.

그러나 아직 서진우는 예비 대학생 신분이었다.

"아직 괜찮다. 그러니까 진우 넌 걱정하지 말고……."

"정말 괜찮으세요?"

서태호의 말문이 일순 막힌 순간이었다.

"제가 한국대학교에 진학하면 제 부탁 하나 들어주시기로 하셨던 것, 기억하시죠?"

서진우가 다시 물었다.

"기억하고 있다."

"그럼 약속대로 제 부탁 하나 들어주세요."

"어떤 부탁인지 말해 보거라."

"앞으로 제가 매달 생활비를 보낼 수 있도록 허락해 주세요."

혹시 잘못 들은 게 아닌가 하는 생각이 들어서 서태호가 물었다.

"좀 전에 뭐라고 했어?"

"앞으로 제가 생활비를 보태고 싶다고 말씀드렸습니다."

"네가 무슨 돈이 있다고?"

"과외 한다고 말씀드렸잖습니까?"

"그걸로는 네 용돈이나 쓰라고……."

"천만 원입니다."

서태호가 놀란 표정을 지었다.

일 년에 천만 원이면 매달 백만 원 이상의 과외비를 받는 셈.

막연히 예상했던 것보다 훨씬 많은 액수에 서태호가 깜짝 놀랐을 때, 서진우가 덧붙였다.

"월에 천만 원입니다."

*   *   *

아버지는 회사에서 정리 해고를 당한다.

내가 회귀를 했다고 하더라도 이것은 막을 수 없다.

이번 수학 능력 시험에서 만점을 받는 것에 집착하면서 최대한 빨리 경제적 기반을 갖추려고 내가 노력했던 이유.

지금 같은 상황을 대비하기 위함이었다.

"방금… 과외를 해서 월에 천만 원을 받는다고 했어?"

"네."

믿기지 않는다는 표정을 짓고 있는 아버지에게 내가 덧붙였다.

"마음만 먹으면 더 벌 수도 있습니다."

허언이 아니었다.

대명학원 장창기 원장은 그 후로 몇 번이나 내게 연락을 해서 과외를 더 맡아 줄 수 있느냐고 물었다.

채수빈의 과외를 하는 것과 엇비슷한 조건.

그러니 내가 결심만 하면 과외비로만 한 달에 수천만 원을 벌 수 있는 것이었다.

충격을 받으신 걸까.

석상처럼 굳어 계신 아버지를 응시하며 내가 입을 뗐다.

"경기가 어려워서 아버지가 몸담고 계신 회사에서 구조 조정을 단행하고 있다는 것, 저도 알고 있습니다. 그래서 아버지가 정리 해고 대상자 명단에 오를지 몰라서 걱정하고 계신다는 것도 알고 있고요."

"그걸… 진우 네가 어떻게 알았어?"

"아버지 아들 눈치 빠릅니다. 그리고 제가 어떻게 알았는가는 중요치 않습니다. 제가 알고 있다는 것이 중요하죠."

"……?"

"아버지 양어깨에 올려져 있는 짐, 이제부터 제가 나눠지겠습니다. 그러니까 아버지, 어깨 좀 펴고 다니세요."

"내 어깨가 움츠러들어 있었어?"

"네. 속상할 정도로요."

아버지 옆에서 다 괜찮아질 거라고, 그러니까 너무 걱정할 것 없다고 백 마디 말을 떠들어 봐야 소용이 없다는 것.

난 잘 알고 있다.

지금 아버지에게 필요한 것은 아버지가 정리 해고를 당하더라도 별문제 없이 집안 생계를 꾸려 나갈 수 있다는 확실한 증거다.

'삼백만 원 언저리라고 들었던 것 같은데.'

정확하지는 않지만, 아버지가 회사에서 받는 월급 액수는 대략 삼백만 원 정도였다.

그것도 야근 수당까지 합쳐서였다.

요즘은 야근을 거의 하지 않으시니 월급 액수가 더 줄어들었으리라.

그런데 난 과외를 해서 월 천만 원을 받는다.

아버지 월급의 세 배 이상.

내가 월 천만 원을 번다는 사실을 알게 됐으니, 아버지는 이제 정리 해고를 당했을 때 생계를 꾸려 갈 수 없다는 막막

함에서 벗어날 수 있을 것이었다.

덕분에 어깨를 짓누르고 있는 가장의 무게도 조금은 덜었을 테고.

"미안하다."

그때, 아버지가 내게 사과했다.

"왜 미안하세요?"

"너한테 약한 모습을 보였으니까."

"한 잔 받으세요."

"그래."

아버지의 손에 들린 술잔을 채우며 내가 입을 뗐다.

"좋아했든 싫어했든, 사랑했든 증오했든, 세상의 모든 아들들은 아버지를 닮는다."

"……?"

"제가 좋아하는 영화에 나오는 대사입니다. 아마 저도 아버지를 닮아 가게 될 겁니다. 그러니까 지금처럼 멋진 아버지로 남아 주세요."

*   *   *

술은 마시면 마실수록 느는 법이다.

이전 생의 나는 술꾼이었다.

그렇지만 회귀를 한 지금은 아니다.

아버지와 술자리는 길게 이어졌고, 난 숙취에 시달리다가 오전 아홉 시가 넘어서야 일어났다.

거실에 나오자 식탁 위에 놓여 있는 김이 모락모락 올라오는 엄마표 콩나물북엇국이 날 반겼다.

"아버지는요?"

"네 아버지? 벌써 출근했지."

성실함만큼은 역시 아버지를 따라갈 수 없다는 생각을 할 때, 엄마가 말했다.

"속 쓰릴 테니까 북엇국 끓여 주라고 네 아버지가 특별히 부탁했다."

"네? 네."

"부자간에 술 마시면서 무슨 얘길 나눴는지 몰라도 잘했다. 네 아버지 표정이 밝아졌어. 또 기분도 한층 좋아진 것 같고."

일단 쓰린 속을 달래기 위해서 콩나물북엇국에 밥을 말아서 열심히 떠먹기 시작했다. 그리고 국그릇이 거의 비어 갈 때였다.

딩동, 딩동.

초인종이 울렸다.

잠시 후, 누나가 거실로 뛰어들어 왔다.

"진우야, 빨리 나와 봐."

"아직 밥 덜 먹었어."

"손님이 찾아왔어."

"손님? 누가 날 찾아왔는데?"

"손진경 대표 비서래."

"누구?"

"동화백화점 손진경 대표 비서."

내가 더 이상의 저항을 포기하고 결국 몸을 일으켰다.

"혹시 전에 동화백화점에서 있었던 그 사건 때문에 찾아온 것 아냐? 무슨 앙갚음이라도 하려는 것 아냐?"

그제야 낯빛이 흙색으로 변한 누나의 얼굴이 보였다. 그리고 낯빛이 흙색으로 변해 있는 것은 엄마도 마찬가지였다.

"엄마, 그리고 누나, 걱정할 것 없습니다. 우리가 잘못한 건 아무것도 없으니까요."

"그래도……."

"걱정 마시고 여기 계세요. 제가 나가서 만나 보겠습니다."

내가 대문을 열자, 검정색 정장을 입은 젊은 여자가 서 있었다.

"서진우 씨입니까?"

"그런데요."

"대표님 지시로 찾아왔습니다. 이거 받으시죠."

여자가 내게 꽃바구니를 내밀었다.

엉겁결에 꽃바구니를 건네받은 내게 여자가 덧붙였다.

"지난번에는 경황이 없어 제대로 사과를 못 해서 죄송하단 말씀을 전해 달라고 하셨습니다. 그럼."

여자는 용건을 마치자마자 바로 차에 올라타서 떠났다.

"뭐지?"

아닌 밤중에 홍두깨 같은 지금의 상황에 황당한 표정을 짓던 내가 꽃바구니를 들고 집 안으로 돌아갔다.

＊　　　　　＊　　　　　＊

"지난번 동화백화점에서의 일을 사죄하는 의미로 보내는 거랍니다."

내가 꽃바구니를 내밀며 상황을 설명했다.

"그래? 그럼 앙갚음하려고 찾아온 건 아니란 거지?"

"네."

"다행이다."

엄마는 비로소 안심한 표정을 지은 채 꽃바구니에 불만을 드러냈다

"왜 하필 쓸데도 없는 꽃바구니를 보낸 거야? 기왕 보낼 거면 과일 바구니를 보내 줬으면 더 좋았을걸."

그렇지만 난 굳은 표정을 풀지 않았다.

'어떻게 집 주소를 알았지?'

동화백화점에서 소란이 일었던 날, 나에 관한 정보는 아무것도 남기지 않았다.

그런데 손진경 대표의 비서가 우리 집 주소를 알고 찾아왔

다는 것이 신경이 쓰였기 때문이었다.

"어, 이건 뭐야?"

그때, 누나가 꽃들 틈에 꽂혀 있던 봉투를 발견했다.

"사과의 편지라도 보낸 건가?"

봉투를 열고 내용물을 확인하던 누나가 놀란 표정을 지었다.

"엄마, 빨리 와서 이것 좀 봐."

"무슨 일인데 그리 호들갑이야?"

"편지가 아니라 상품권이야."

"상품권?"

"응, 동화백화점 상품권. 그런데 이거 0이 몇 개야? 하나, 둘, 셋… 여섯 개면 백만 원이잖아."

"제대로 본 것 맞아? 다섯 개 아냐?"

"잘못 본 것 아니야. 진짜 0이 여섯 개야."

"백화점 상품권을 백만 원 치나 보냈다고?"

"아니, 한 장이 아니라 다섯 장이니까 오백만 원어치 상품권이야."

눈이 휘둥그레진 엄마와 누나가 어쩔 줄 몰라 하고 있을 때였다.

지이잉, 지이잉.

내 바지 주머니 속에 들어 있던 휴대 전화가 진동했다.

"여보세요?"

—진우야, 손진경 대표가 보낸 선물 도착했어?

수화기 너머로 신은하의 목소리가 들려왔다.

'신은하는 손진경 대표가 우리 집에 백화점 상품권을 보낼 것을 또 어떻게 알고 있었던 거야?'

내가 일단 방으로 들어간 후 호기심을 참지 못하고 물었다.

"왜 손진경 대표가 우리 집으로 백화점 상품권을 보낸 겁니까? 그리고 은하 씨는 그걸 어떻게 알고 있는 겁니까?"

—내가 보내라고 했거든.

"네?"

—궁금하지? 지금 상황이 잘 이해가 안 가지?

신은하가 즐거워 죽겠다는 목소리로 덧붙였다.

—밥 사 주면 알려 줄게.

＊　　　　＊　　　　＊

신봉역 근처 해장국집.

내가 택시에서 내리자, 신은하의 매니저인 황철순이 다가왔다.

"또 뵙네요."

내가 황철순을 알아보고 인사를 하자, 그가 정중하게 고개를 숙였다.

"서진우 씨, 감사합니다."

"갑자기 왜……?"

돌연 감사 인사를 하는 황철순을 확인한 내가 의아한 시선을 던졌을 때였다.

"대섭 선배 도와주신 것 말입니다."

"제게 감사할 일인가요?"

"네?"

"덕분에 신대섭 씨는 숨구멍이 좀 트였지만, 그쪽 보스는 목이 날아갔잖아요?"

황철순은 '골든 키 스튜디오' 소속 직원.

그런데 내가 나서면서 '골든 키 스튜디오'의 대표인 정종수가 구속됐다.

그 점을 지적했지만, 황철순은 표정 변화 없이 대답했다.

"정종수 대표, 좋아한 적 없습니다. 그리고 머잖아 은하와 함께 '블루윈드'로 옮길 테니 대섭 선배는 제 새 보스가 될 겁니다. 새 보스를 도와줬으니 서진우 씨에게 감사 인사를 하는 게 당연하죠."

"머잖아 신은하 씨가 '블루윈드'로 적을 옮길 거라고요?"

"네."

내 표정이 살짝 굳어졌다.

신은하가 '블루윈드' 소속 배우가 되는 것까지는 계산에 넣지 못했던 상황이었기 때문이었다.

'껄끄러운데.'

신은하가 나와 같은 회귀자라는 비밀을 알고 있는 상황.

그녀와의 거리가 자꾸 가까워지는 것이 왠지 껄끄럽게 느껴졌다.

"표정이 왜 그러십니까?"

그때, 황철순이 질문했다.

"제 표정이 어떤데요?"

"은하가 '블루윈드' 소속 배우가 되는 것을 내켜 하지 않으시는 표정 같은데요?"

'눈썰미 좋네.'

황철순의 눈썰미에 감탄했을 때, 그가 다시 입을 뗐다.

"이상하네요."

"뭐가 이상합니까?"

"은하가 '블루윈드'로 옮기겠다고 말씀드리면 좋아하실 줄 알았거든요."

"제가요?"

"대섭 선배에게 들었습니다. 서진우 씨가 '블루윈드'의 최대 지분 보유자라는 것요."

'입단속시켜야겠네.'

신대섭의 입단속을 시켜야겠다는 생각을 할 때, 황철순이 말했다.

"앞으로 잘 부탁드리겠습니다."

"……?"

"'블루윈드' 직원이 될 테니 최대 지분 보유자에게 미리 잘 보여야죠."

황철순이 웃으며 덧붙인 순간, 내가 정색한 채 입을 뗐다.

"황철순 씨가 '블루윈드' 직원이 될지 여부는 아직 모릅니다."

*   *   *

"이런 것도 먹습니까?"

해장국에서 건져 낸 선지를 입을 오물거리며 먹고 있는 신은하의 모습이 낯설게 느껴졌다.

그래서 내가 질문하자, 신은하가 생긋 웃으며 대답했다.

"이거 진짜 맛있거든."

소의 피를 받아서 식혀서 굳힌 선지를 즐겨 먹는 사람은 많다.

그런데 청순한 이미지의 여배우인 신은하가 먹으니 왠지 낯설다.

아니, 그녀가 회귀자란 사실을 알고 있어서인지 몰라도 선지를 먹는 모습이 왠지 섬뜩하게 느껴진다.

"선지 먹는 여자 처음 봐? 어때? 더 매력적으로 느껴지지 않아?"

신은하가 뇌쇄적인 눈빛을 던지며 들이댔다.

'소용없습니다.'

내가 속으로 대답했다.

신은하가 아무리 내게 들이대도 그녀의 비밀을 알고 있기 때문에 절대 유혹에 넘어가지 않을 것이기 때문이다.

"손진경 대표 얘기나 해 주시죠."

"참, 얼마나 보냈어?"

"무슨 말입니까?"

"백화점 상품권 말이야."

"백만 원짜리 상품권으로 다섯 장 보냈더군요."

내가 순순히 알려 주자, 신은하가 냅킨으로 입을 닦은 후 말했다.

"손진경 대표, 확실히 통이 크네. 사람 보는 눈이 있어. 괜히 능력 있는 경영자가 아니라니까."

신은하가 동화백화점 대표인 손진경을 아낌없이 칭찬했다.

그 칭찬을 듣던 내 표정이 굳어졌다.

'또… 다르다.'

동화백화점 대표인 손진경.

나는 그녀를 부잣집 딸로 태어난 덕분에 동화백화점 대표를 맡았지만, 결국 망하는 무능력한 재벌 2세라고 판단했다.

그렇게 판단한 근거.

동화그룹이 2020년에는 존재하지 않기 때문이었다.

"광고 모델료도 광고 모델료였지만, 손진경 대표의 능력과 수완을 믿었기 때문에 내가 동화백화점 광고 모델을 맡은 거야."

그렇지만 나와 같은 회귀자임에도 불구하고 신은하가 내리고 있는 손진경 대표에 대한 평가는 달랐다.

신은하는 동화백화점 손진경 대표가 능력 있는 경영자라고 평가했다.

'왜… 다르지?'

이런 차이가 발생한 데는 이유가 있을 터.

그 이유를 알아내기 위해서 입을 뗐다.

"저와는 생각이 많이 다르네요. 저는 손진경 대표를 부모 잘 만나 백화점의 주인이 된 무능한 재벌 2세라고 판단했거든요."

"어머, 실망이다."

"왜 실망이란 겁니까?"

"그때 동화백화점에서 있었던 일 때문에 손진경 대표를 평가절하 하는 거잖아? 진우, 너 몰랐는데 뒤끝 있다."

"그런 게 아니라……."

"그때 직원들 전부 해고했대. 그러니까 이제 마음 풀어. 손진경 대표가 진우 너한테 관심이 많으니까."

'일 처리는 깔끔하네.'

당시 직원들을 모두 해고했다는 이야기를 전해 듣고 내가 한 생각이었다.

그러나 손진경 대표가 내게 관심이 있다는 이야기는 의외였다.

"손진경 대표가 왜 제게 관심을 갖고 있는 겁니까?"

"나이는 어리지만 아주 능력이 뛰어나다고 내가 추천했거든."

"……?"

"'텔 미 에브리씽'을 제작하고 있는 데다가, 대섭 오빠의 가능성을 알아보고 '블루윈드'에 거액을 투자해서 최대 지분 보유자가 된 것, 이 정도면 능력 있잖아."

물컵을 들어 물을 한 모금 마신 신은하가 목소리를 낮춘 채 물었다.

"솔직히 말해 봐. 정종수 대표를 구속시킨 것에도 진우 네가 관여했지?"

"노코멘트 하겠습니다."

"노코멘트?"

"죄지었으니 벌받은 겁니다."

"맞네."

두 눈을 초롱초롱 빛내며 날 바라보던 신은하가 다시 입을 뗐다.

"손진경 대표, 아까도 말했지만 능력 있는 분이야. 그러니까 한번 만나 봐."

"대체 왜 손진경 대표가 능력이 있다고 확신하시는 겁

니까?"

"머리가 비상하거든. 동화그룹에 대해서 얼마나 알아?"

솔직히 잘 알지 못한다.

내가 동화그룹에 대해서 알고 있는 것은 2020년에는 동화그룹이 존재하지 않는다는 것뿐이니까.

"동화그룹 손태백 회장에게는 자식이 둘 있어. 아들 손진수와 딸 손진경. 그리고 손태백 회장의 아들인 손진수는 무능해. 경영 감각이 없다고 표현하면 될까? 그럼에도 불구하고 손태백 회장은 손진수에게 그룹을 물려줄 거야. 옛날 사람이라 장남인 아들이 회사를 물려받아야 한다고 생각하거든. 손진경 대표도 그걸 잘 알고 있어. 그래서 손진경 대표는 일찌감치 동화백화점을 비롯한 계열사 몇 개를 분리시켜서 사명까지 바꾸면서 동화그룹에서 떨어져 나갈 계획을 세우고 있어. 그 과정에서……."

"잠시만요. 사명을 바꾼다고 했습니까?"

"응."

"혹시 바꾸려는 사명이 뭔지 아십니까?"

"아직 확실히 정한 것은 아니지만 이름 앞글자를 따서 JK로 정할 것 같다고 내게 얘기했어."

'JK그룹.'

탁.

내가 손에 들고 있던 숟가락을 내려놓았다.

동화그룹에 대해서는 잘 알지 못했지만, JK그룹은 다르다.

JK그룹은 2020년에도 존재하고 있었다.

계열사는 많지 않았지만, JK백화점을 필두로 알짜배기 계열사들을 보유하고 있었던 JK그룹.

그 JK그룹의 회장이 손진경이라는 사실을 난 뒤늦게 알게 된 것이었다.

'신은하는 알고 있었어.'

손진경 대표에 대한 나와 신은하의 평가가 엇갈린 이유.

바로 여기에 있었다.

신은하는 손진경 대표가 JK그룹 회장이 된다는 사실을 이미 알고 있기 때문에 그녀의 능력을 높이 평가한 것이었다.

'미래 지식에 대한 차이가 있어.'

그 사실을 깨달은 순간, 난 뒤통수를 둔기로 얻어맞은 것처럼 강한 충격을 받았다.

회귀자는 미래를 알고 있다.

하지만 회귀자라고 해서 미래에 벌어지는 모든 일을 알고 있는 것은 아니다.

자신이 일했던 분야에 대해서는 비교적 정확하고 세세하게 알 수 있다.

그러나 자신이 일했던 분야와 무관했던 분야의 경우에는 얘기가 달라진다.

내가 영화계 관련 미래에 대해서는 정확하고 세세히 알고 있지만, 미용이나 제약 같은 분야에 대해서는 거의 알지 못하는 것이 예라고 할 수 있다.

'신은하는 백화점에 계속 관심을 갖고 있었을 거야. 그래서 동화백화점의 사명이 JK백화점으로 바뀐다는 걸 알고 있었던 거야. 또, JK그룹의 회장이 손진경이라는 것도 알고 있었던 것이고.'

나와 신은하는 모두 회귀자.

그렇지만 다가올 미래에 대한 기억이 미묘하게 달랐던 이유가 바로 여기에 있었다는 사실을 내가 알아챘을 때였다.

"왜 그래? 어디 아파?"

내 표정이 심상치 않다는 사실을 알아챈 신은하가 걱정스레 바라보며 물었다.

"괜찮습니다. 아까 하시던 얘기 마저 하시죠."

"아까 내가 어디까지 얘기했더라. 그래, 사명을 JK로 바꿀 계획을 갖고 있는 손진경 대표의 장점 중 하나는 도전을 두려워하지 않는다는 거야. 백화점 운영만이 아니라 미래 먹거리가 될 수 있는 신사업 모델을 발굴하기 위해서 계속 고민하고 있어. 그래서 내가 진우, 널 적임자로 추천했어."

"무슨 적임자로 말입니까?"

"손진경 대표가 발굴하기 위해서 노력하는 신사업 모델을 제안할 수 있는 적임자로. 진우, 넌 좀 특별한 천재잖아."

＊　　　　＊　　　　＊

이제야 손진경 대표가 거액의 백화점 상품권을 집으로 보낸 것이 이해가 됐다.

신은하의 추천을 받은 손진경은 내게 초대장을 보낸 것이었다.

'괜한 짓을 했네.'

하지만 지금의 상황이 탐탁지는 않았다.

내 목표는 컬처 크리에이터.

백화점 운영을 하고 있는 부모 잘 만난 재벌 2세 손진경과 손잡고 할 수 있는 일이 없다고 판단했는데… 내 생각이 도중에 바뀌었다.

지금 시작해야 선점할 수 있는 사업 분야가 떠올라서였다.

'한번 만나나 볼까?'

난 손진경을 한번 만나서 대화를 나눠 보기로 결심했다.

＊　　　　＊　　　　＊

"진우야, 이거 진짜 써도 되는 거야?"

동화백화점 앞에서 선뜻 들어가지 못한 채 엄마가 불안한 표정으로 물었다.

"본점 말고 다른 지점으로 갈까?"

이미 동화백화점 본점에서 한 차례 불쾌했던 경험을 했기 때문일까.

누나 역시 내켜 하지 않는 기색이었다.

"들어가요. 쓰라고 보내 준 건데 써야죠."

내가 앞장서서 걸음을 옮겼고 엄마와 누나는 조금 떨어진 채 따라 걸어왔다.

"서진우 씨, 방문해 주셔서 감사합니다."

내가 막 정문으로 들어섰을 때, 정장을 입은 여자가 내 앞으로 다가왔다.

우리 집에 꽃바구니를 배달했던 손진경 대표의 비서였다.

이미 동화백화점 본점을 방문하겠다고 손진경 대표에게 연락을 했기에 날 기다리고 있었던 것이었다.

"대표님께서 기다리고 계십니다."

"일단 쇼핑부터 하고 난 후에 만나겠습니다."

여전히 불안한 기색인 엄마와 누나가 신경 쓰인 내가 말하자, 여비서는 속내를 읽은 듯 말했다.

"두 분의 쇼핑은 저희 백화점 직원들이 돕겠습니다. VIP 고객분들의 쇼핑을 돕는 전문 직원들이 두 분의 쇼핑을 도울 테니 전혀 걱정하지 않으셔도 됩니다."

여비서의 말이 끝나기 무섭게 단정한 이미지의 여직원 두 명이 우리 가족에게 고개를 숙였다.

'나름 신경 많이 썼네.'

지난번에 우리 가족에게 큰 실례와 실수를 범했던 것을 이번 기회에 만회하기 위함일까.

손진경 대표는 거액의 백화점 상품권을 보냈을 뿐만 아니라, 엄마와 누나의 쇼핑 도우미들까지 준비한 채 날 기다리고 있었다.

"엄마, 누나, 이 두 분이 쇼핑을 도와줄 거예요. 저보다는 안목이 나을 테니까 편하게 쇼핑하세요."

"진우, 넌?"

"저는 만날 사람이 있습니다. 한 시간 후에 다시 여기서 만나면 될 것 같습니다."

"야, 한 시간 만에 어떻게 쇼핑을 마쳐? 두 시간 후에 만나."

누나의 핀잔으로 인해 약속 시간이 한 시간 더 미뤄졌다.

"엄마, 가자."

"응?"

"시간 없어. 빨리 움직여야 해."

누나의 재촉에 엄마도 덩달아 서둘렀다.

'한 시간 후도 아니고, 두 시간 후에 만나기로 결정했는데 대체 왜 저렇게 서두르는 걸까?'

나로서는 서두르는 엄마와 누나가 잘 이해가 가지 않았지만, 두 사람을 이해하는 것을 깔끔하게 포기했다.

잠시 후 내가 여비서에게 말했다.

"이제 가시죠."

　　　　*　　　　　*　　　　　*

　동화백화점 본점 대표 이사실.

　손진경이 신기한 듯 대표 이사실을 두리번거리며 살피는 서
진우를 빤히 바라보았다.

　그 시선을 느낀 서진우가 대표 이사실 탐색을 그만두고 질
문했다.

　"왜 그렇게 보십니까?"

　"서진우 씨가 궁금해서요."

　"네?"

　"실은 신은하 씨에게 서진우 씨를 소개받고 난 후에 호기심
이 생겨서 조사를 좀 해 봤어요. 그 조사 결과가 굉장히 흥미
롭더라고요."

　"어떤 부분이 그렇게 흥미로웠습니까?"

　"올해 유일한 수능 만점 획득자로 한국대 법학과 진학 예
정, 그런데 법학과와는 전혀 상관없는 영화 제작 일에 갑자기
뛰어들었죠. 그리고 거기서 끝이 아니었어요. 연예 기획사에
투자도 했다고 들었어요."

　"보통 사람들보다는 사업적인 감각이 좀 더 뛰어난 것뿐입
니다."

　"감이 좋다?"

"네. 손 대표님도 사업적인 감각이 뛰어나시던데요."

"그걸… 서진우 씨가 어떻게 알죠?"

"VIP 고객들의 쇼핑을 돕는 전문 직원. 다른 백화점에서는 찾아볼 수 없는 동화백화점만의 차별화된 서비스죠. 이게 제가 손 대표님의 사업적인 감각이 뛰어나다고 판단한 이유입니다."

손진경의 입가로 미소가 번졌다.

VIP 고객의 쇼핑을 돕기 위한 전문 직원을 둔 것.

손진경의 아이디어였다. 그리고 이 아이디어는 호평을 받으면서 동화백화점 매출 상승에도 기여하고 있었다.

"그런데 조금 아쉽습니다."

그때, 서진우가 말했다.

"어떤 부분이 아쉽다는 거죠?"

"만약 제가 동화백화점의 오너라면 VIP 고객들의 쇼핑을 돕기 위한 전문 직원을 두는 것에서 그치지 않고 더 발전시킬 겁니다."

"어떤 방식으로 더 발전시킨다는 거죠?"

"저라면 VIP 고객 전담 팀을 발족시킬 겁니다. 동화백화점에서 많은 돈을 쓰는 VIP 고객들의 명단을 작성하고, 그들을 따로 관리하는 VIP 고객 전담 팀을 만드는 겁니다. VIP 고객들에게 할인 혜택이 주어지는 쿠폰 등을 주기적으로 발송하고, 생일 같은 기념일에는 선물도 보냅니다. 그럼 VIP 고객들은 존중받는다는 느낌을 받아서 동화백화점에 대한 충성도가 높아지고, 방문 횟수가 늘어나면서 덩달아 동화백화점의 매출도 상승할 겁니다. 거기서 한발 더 나아간다면, VIP 고객들의 취향을 파악해서 취향에 맞는 신상품이 입고될 때마다 연락을 하는 것도 할 수 있겠죠."

'이 녀석, 정체가 뭐야?'

손진경이 두 눈을 치켜떴다.

아까 서진우가 VIP 고객 전담 팀을 언급한 순간, 귀가 번쩍 뜨이는 느낌이었다.

'왜 내가 지금까지 그 생각을 못 했던 거지?'

이런 자책과 함께 감탄이 동시에 깃들었다.

'이건… 된다.'

VIP 고객 전담 팀을 발족해서 백화점 매출에 큰 부분을 차지하는 VIP 고객들을 체계적으로 관리한다면?

동화백화점이 지금보다 한 단계 더 도약할 수 있을 거란 확신이 들었다.

"또… 없나요?"

기대를 감추지 못한 채 손진경이 묻자, 서진우가 대답했다.

"여기요."

"네?"

"백화점에 대표 이사실이 굳이 필요합니까?"

"……?"

"저라면 이 공간을 다른 방식으로 사용할 겁니다."

"어떤 방식으로 사용한다는 거죠?"

서진우가 웃으며 대답했다.

"명품관 정도가 적당하겠네요. 잘 알고 계시겠지만, 국내 경기 지표들은 최악을 가리키고 있습니다. 그리고 경기가 어려워지면 백화점 매출도 당연히 영향을 받습니다. 분명히 매출이 하락하겠죠. 그렇지만 경기가 어려워도 매출에 타격을 받지 않는 게 바로 명품입니다. 경기가 어려워질 때 살림이 팍팍해지는 것은 중산층, 하지만 명품을 구입하는 주 고객들인 상류층은 경기의 영향을 거의 받지 않거든요. 그래서 명품 브랜드들만 입점하는 명품관을 따로 만들어 운영하면 지금보다 경기가 더 어려워져도 동화백화점 매출에는 별 타격이 없을 겁니다. 어쩌면 오히려 매출이 더 상승할 수도 있겠네요."

'선심 많이 썼다.'

놀란 기색을 감추지 못하고 있는 손진경을 향해 내가 속으로 말했다.

말 그대로 고급 정보들을 알려 줬으니 대단한 선심을 쓴 셈이었다.

'진짜 경영 감각이 있네.'

잠시 후 내가 속으로 생각했다.

미래의 백화점들은 모두 VIP 고객 전담 팀과 명품관을 운용했다.

그렇지만 지금은 1996년이었다.

1996년에 VIP 고객 전담 팀의 전신이라 할 수 있는 VIP 고객들의 쇼핑을 돕는 전담 직원을 두고 있는 것.

손진경이 경영 감각이 있다는 증거였다.

'손태백 회장이 실수했네.'

현 동화그룹 회장인 손태백의 얼굴은 몰랐다.

신은하의 입을 통해서 그의 이름을 한 번 들어 본 것이 전부였다.

그렇지만 그가 실수했다는 것은 확실했다.

경영에 재능이 없는 아들 손진수가 아니라 딸인 손진경에게 동화그룹을 물려줬다면, 동화그룹은 2020년에도 존재할 뿐만 아니라 재계 순위에도 이름을 올렸을 정도로 승승장구 할 수 있었을 것이란 생각이 들었기 때문이었다.

내가 벽돌폰을 들어 시간을 살폈다.

어느덧 손진경과 대화를 나눈 지 한 시간이 훌쩍 지나 있었다.

남은 시간이 얼마 없었기에 난 본론을 꺼냈다.

"그렇지만 동화백화점을 통해서 얻을 수 있는 수익에는 한계가 있습니다. 그래서 신사업 구상을 하고 있다는 이야기를 들었습니다."

"맞아요. 그래서 서진우 씨를 꼭 한번 만나고 싶었어요."

손진경의 두 눈은 기대감으로 가득 차 있었다.

'효과가 있었네.'

VIP 고객 전담 팀과 명품관을 운용하란 조언을 건넸던 것.

아무 이유 없이 선심을 쓴 게 아니었다.

내 능력을 증명해서 손진경의 기대치를 끌어올리기 위함이었고, 표정을 보아 하니 그 계획은 적중한 듯 보였다.

"만약 서진우 씨가 제 입장이라면 어떤 사업에 뛰어들 건가요?"

"글쎄요."

손진경이 질문한 순간, 내가 등을 소파에 묻었다.

"어떤 사업이 좋을지에 대해 말하기 전에 일단 확인할 게 있습니다. 동화백화점의 자금력은 얼마나 됩니까?"

"갑자기 그건 왜 묻는 거죠?"

"제가 구상하고 있는 사업, 단기간에 승부를 볼 수 있는 게 아니거든요."

"그 말은… 서진우 씨가 사업에 직접 참여할 거란 뜻인가요?"

"그렇습니다."

"동화그룹 직원으로 일하게 해 달라?"

손진경은 단단히 착각하고 있었다.

그 착각을 깨뜨려 주기 위해서 내가 입을 뗐다.

"에이, 제가 왜 동화그룹에서 일합니까? 지금 과외 해서 버는 돈보다도 월급이 훨씬 더 적을 텐데."

"그럼 서진우 씨가 원하는 게 뭐죠?"

"사업 파트너입니다."

"사업 파트너라면… 동업을 하자는 건가요?"

"그렇습니다."

"그건 곤란해요."

이런 대답이 흘러나올 것을 이미 예상했다.

그래서 내가 미련 없이 일어섰다.

"그럼 더 할 이야기가 없겠네요."

"왜 벌써 일어나요?"

"기가 막힌 사업 아이템을 아무 대가도 없는데 공개할 순 없으니까요."

그 말을 끝으로 내가 걸음을 옮겼다.

일부러 천천히 걸음을 옮긴 것.

손진경이 머릿속으로 계산을 마치고 다시 나를 붙잡을 시간을 주기 위함이었다.

"잠깐만요."

예상대로 얼마 지나지 않아 손진경이 날 불러 세웠다.

"이렇게 하죠. 일단 서진우 씨의 사업 아이템을 들어 보고 가능성이 있다고 판단하면 제가 그 사업 아이템을 구입하는 걸로."

"싫습니다."

내가 고개도 돌리지 않은 채 대답한 후, 문고리를 잡았다.

빙글.

그리고 문고리를 잡은 손에 힘을 준 순간, 손진경이 다시 소리쳤다.

"내게 생각할 시간을 좀 줘요. 그리고 힌트라도 줘요."

그제야 내가 몸을 돌려 말했다.

"고민할 시간을 오래 드릴 수는 없습니다. 사업 파트너 후보는 많으니까요. 그리고 힌트는… 음악입니다."

*   *   *

손진경 대표와의 대화는 예상보다 일찍 끝났다.

엄마, 그리고 누나와 백화점 정문에서 만나기로 약속한 것은 두 시간 후.

약 30분가량의 시간이 남았기에 난 백화점 내부를 둘러보기로 했다.

어슬렁거리면서 백화점 내부를 천천히 둘러보던 내가 느낀 것.

확실히 손님이 줄었다는 것이었다.

"어서 오세요."

손님이 줄어서일까, 백화점 직원들의 목소리는 밝지 않았다.

그들의 마음을 잠식한 채 좀먹고 있는 것은 불투명한 미래에 대한 두려움과 실직에 대한 공포였다.

불안감에 휩싸여 있는 그들을 바라보다 보니, 마치 당연하다는 듯이 아버지의 어두운 표정이 오버랩 됐다.

"적어도… 대비할 수 있는 기회는 제공해야 하지 않을까?"

손진경 대표와 채동욱 대표.

그들은 대한민국 재계의 최전선에 서 있는 사람들이었다.

하지만 그들조차 곧 닥치게 될 미래인 IMF 구제 금융 사태를 제대로 예견하지 못하고 있었다.

그런데 일반인들은 오죽할까.

아무것도 모른 채 IMF 구제 금융 사태라는 불구덩이에 뛰어들게 되는 셈이었다.

아무리 내가 회귀자라고 해도 IMF 구제 금융 사태가 발발하는 것은 막지 못한다.

그렇지만 내가 할 수 있는 것은 분명히 있었다.

바로 IMF 구제 금융 사태를 예견하는 영화를 제작해서 세상 사람들이 관람할 수 있는 기회를 제공하는 것이었다.

'후폭풍이 크지 않을까?'

후폭풍에 대한 걱정이 없다면 거짓말이다.

"해 보자. 아니, 하자."

그렇지만 난 IMF 구제 금융 사태와 관련한 영화를 제작하기로 결심을 굳혔다.

대단한 사명감의 발로가 아니었다.

운 좋게 회귀를 했던 내가 해야 할 최소한의 도리란 생각이 들었기 때문에 내린 결정이었다.

Chapter 4

"차기작입니다."

서진우가 가방에서 꺼낸 시나리오 책을 탁자 위에 올려놓
았다.

'완성했구나.'

이현주가 두 눈을 빛내며 시나리오 책을 향해 팔을 뻗었다.

'이번엔 어떤 작품일까?'

'텔 미 에브리씽'의 시나리오가 워낙 좋았었다.

그래서 이현주는 서진우가 차기작으로 대체 어떤 작품을
갖고 찾아올지에 대한 기대가 무척 컸다.

오죽하면 서진우가 차기작 시나리오를 완성해서 갖고 온단

소식을 사흘 전에 듣고 난 후, 계속 잠을 설쳤을까.

'보자, 제목이… 특이하네.'

'IMF'.

시나리오 책 표지에 적혀 있는 제목을 확인한 이현주가 호기심을 이기지 못하고 물었다.

"IMF는 약자인가요?"

"네. International Monetary Fund, 국제 통화 기금이란 국제기구의 약자입니다."

"국제 통화 기금요?"

"국제 통화 기금은 1945년에 창설된 국제기구로서 특정 국가에 달러가 부족할 경우 달러를 빌려주는 역할을 합니다. 주로 유동성 위기로 일시적인 달러화 부족을 겪는 국가나 방만한 재정 정책으로 외화를 제대로 관리하지 못한 국가들에 달러를 빌려주죠."

이름만큼이나 역할도 낯선 단체.

그래서 이현주가 고개를 갸웃하며 다시 물었다.

"그럼 차기작은 국제 통화 기금이란 단체에 관한 이야기인가요?"

"아닙니다. 대한민국에 대한 이야기입니다"

"……?"

"대한민국의 외환고가 바닥이 나서 국제 통화 기금에 원조를 요청하는 것을 가정하여, 대한민국에서 벌어질 수 있는 일들에 대한 이야기를 다루었습니다."

서진우가 설명을 마쳤지만, 이현주는 제대로 이해가 가지 않았다.

국제 통화 기금에 대한 이해가 전혀 없기 때문이었다.

"일단 읽어 보시죠."

"그렇게 할게요."

"단, 너무 기대는 하지 마십시오."

"왜 기대하지 말라는 거죠?"

서진우가 대답했다.

"이번엔 흥행하기 힘든 소재의 작품이거든요."

*　　　　*　　　　*

'텔 미 에브리씽'과 '국가 부도'.

두 작품은 여러 모로 달랐다.

우선 '텔 미 에브리씽'의 경우 시나리오를 집필할 때 전문적인 지식이 크게 필요하지 않은 심리 스릴러 장르의 작품인 반면, '국가 부도'는 경제에 대한 지식이 받쳐 주지 않으면 쓸 수 없는 장르의 작품이었다.

또 하나 다른 점은 두 작품에 대한 내 애정도 지수였다.

'텔 미 에브리씽'은 내가 가장 아꼈던 작품이라 수십 번씩이나 보고 또 보고를 반복했기에 대사까지 완벽하게 기억하고 있었다.

반면 '국가 부도'는 '텔 미 에브리씽'만큼 애정을 많이 갖지 않은 작품이었다.

'한 번쯤 되짚어 봐야 할 IMF 구제 금융 사태라는 사건을 영상화한 시의적절한 작품.'

'국가 부도'를 본 후에 내가 내렸던 평가.

그래서 '국가 부도'는 '텔 미 에브리씽'만큼 영화의 내용과 대사가 완벽하게 떠오르지 않았다.

대충의 플롯과 등장인물의 이름, 직업 정도만 기억이 날 뿐이었다.

그래서 자료 조사를 다시 할 수밖에 없었고, 시나리오를 쓰는 데 일주일이 넘게 걸렸다.

그리고 흥행하기 힘든 소재의 작품이라고 이현주 대표에게 미리 말한 것.

엄살을 부린 것이 아니었다.

'국가 부도'에서 'IMF'로.

내가 바꾼 작품의 제목인 IMF가 국제 통화 기금이란 국제기구라는 사실을 당장 이현주 대표도 알지 못했다.

경제 분야에서 일하는 이가 아닌 일반인들은 이현주 대표처럼 IMF가 국제 통화 기금이란 국제기구란 사실은 물론이고, 아예 존재 여부조차도 모를 것이었다.

그러니 대한민국이 IMF에서 구제 금융을 받는 과정의 물밑에서 벌어진 이야기에 대중들이 흥미를 느끼고 극장에 찾아올 가능성은 극히 희박했다.

'어쩌면… 이현주 대표가 공동 제작을 거절할 수도 있어.'

가능성은 충분했다.

해서 난 최악의 경우에는 예산을 최소한으로 줄여서 레볼루션 필름 단독 제작을 하는 것을 차선책으로 세운 상태였다.

"일단은 이현주 대표의 답신이 올 때까지 기다리자."

나 혼자 서두른다고 해서 이현주 대표에서 답신이 더 빨리 돌아오는 것은 아니었다. 그리고 지금 난 영화 제작만 하는게 아니었다.

내가 신경 써야 할 일은 여럿 있었다.

유니버스 필름을 빠져나온 후, 난 벽돌폰을 꺼내서 신대섭 대표에게 전화했다.

"서진우입니다. 오늘 시간 괜찮으십니까?"

"무슨 일 있으십니까?"

"상의드릴 일이 있어서요."

"시간이 없더라도 억지로 시간을 만들어서라도 만나야죠. '블루윈드' 최대 지분 보유자의 호출이니까요."

'여유가 좀 생겼네.'

이강희 사태가 빠르게 수습되고 있기 때문일까.

신대섭 대표는 목소리가 밝았다.

또, 평소에 잘하지 않던 농담도 건넸다

"제가 '블루윈드' 사무실로 찾아가겠습니다."

짤막한 통화를 마친 내가 택시에 올라탔다.

*   *   *

'대단한 사람.'

신대섭이 커피를 홀짝이고 있는 서진우를 보며 감탄했다

'블루윈드'가 심각한 자금난을 겪고 있었던 상황.

그래서 서진우의 투자 제안을 받아들이지 않을 수가 없었다.

그렇지만 당시만 해도 서진우에 대한 믿음이 크지 않았다.

이제 막 고등학교를 졸업한 서진우가 너무 어렸기 때문이었다. 그리고 서진우가 궁지에 몰려 있던 이강희를 거칠게 몰아붙일 때는 반감도 들었다.

하지만 이제는 그 반감이 모두 사라졌다.

이강희의 동영상 유출 사태가 서진우가 세운 계획대로 착착 진행되면서 빠르게 수습 국면에 접어들었기 때문이었다.

"이강희 씨는 어떻습니까?"

"동영상이 유포된 직후에 비하면 많이 안정됐습니다. 요샌 잠도 잘 자고, 농담도 건넬 정도로 여유를 찾았습니다."

"다행이네요."

"참, 강희가 서진우 씨를 만나면 감사하다는 인사를 전해 달라고 내게 부탁했습니다."

"직접 하라고 전해 주세요."

"네?"

"감사 인사 말입니다. 신 대표님을 통해서 하지 말고, 다음에 만날 때 직접 하라고 전해 달란 뜻입니다."

"아, 네."

"그 이야기는 조금 이따가 다시 하고, 제가 부탁했던 것은 어떻게 됐습니까?"

"일단 최대한 많은 배우들과 접촉을 해 봤습니다."

"결과는요?"

"확답을 하는 경우는 드뭅니다. 정종수 대표 구속 이후, '골든 키 스튜디오' 내부 상황과 시장 상황이 워낙 급박하게 돌아가다 보니, 섣불리 경거망동하지 못하고 관망하는 것 같습니다."

"리스트는 작성했습니까?"

"작성했습니다. 지금 보시겠습니까?"

"네."

서진우는 신대섭이 접촉했던 배우들의 리스트를 작성해 달란 부탁을 했었다.

신대섭이 작성한 리스트를 건네자 서진우가 신중한 표정으로 리스트에 적혀 있는 명단을 살폈다.

잠시 후, 서진우가 배우들을 이름을 꺼냈다.

"이동재, 전우상, 유시현. 김만종, 송지찬. 이 다섯 명이 최우선 영입 타깃입니다."

그리고 서진우의 입에서 흘러나온 배우들의 이름을 들은 신대섭이 깜짝 놀랐다.

'골든 키 스튜디오'에서 일할 때부터 장차 스타가 될 가능성이 높다고 신대섭이 점찍었던 배우들이었기 때문이었다.

그렇지만 신대섭은 난색을 표하며 입을 뗐다.

"현실적으로 다섯 명 모두를 '블루윈드'로 영입하는 것은 불가능합니다."

"이유는요?"

"자금이 없습니다."

다섯 배우들의 계약금을 지불한 자금 여력이 '블루윈드'에 없다는 사실을 밝히자, 서진우가 아쉬운 표정으로 물었다.

"몇 명이나 가능합니까?"

"최소 한 명, 최대 두 명 정도는 가능할 것 같습니다."

"영입 가능한 두 명은 누굽니까?"

"이동재와 전우상입니다. 유시현과 김만종은 작년에 출연했던 드라마가 흥행한 덕분에 몸값이 많이 올랐습니다."

"송지찬은요?"

"송지찬은… '블루윈드'로 영입하고 싶지 않습니다."

"이유가 있습니까?"

"불안합니다. 사생활 측면에서 문제가 있거든요."

신대섭이 이유를 밝히자, 서진우가 고개를 끄덕이며 말했다.

"그럼 선택과 집중을 할 수밖에 없네요. 이동재와 유시현, 전우상을 영입하는 데 집중하시죠."

"아까 말씀드렸듯이 유시현은 몸값이 많이 올랐습니다. 계약금을 감당하기 힘들 겁니다."

"그래도 유시현은 꼭 잡아야 합니다."

"하지만……."

서진우가 힘주어 말했다.

"돈은 벌면 됩니다."

*   *   *

황금 알을 낳는 거위.

신대섭이 건넨 배우 리스트를 살피던 내 두 눈에 자연스레 욕심이 깃들었다.

'블루윈드'로 영입만 한다면, 앞으로 황금 알을 낳는 거위 역할을 충실히 해 줄 배우들이 수두룩했기 때문이었다.

그 리스트에서 난 다섯 명의 배우를 골랐다. 그리고 내가 수많은 배우들 중 이 다섯 명을 콕 집은 데는 이유가 있었다.

'하트 비트'.

1990년대 후반, 대한민국 청춘남녀들의 심장을 뜨겁게 뛰게 만들었던 영화였다. 그리고 지금은 무명 배우이지만, 이동재와 전우상은 '하트 비트'에 주연으로 출연한 후에 스타 반열에 오른다.

김만종과 송지찬은 다재다능하다.

연기는 물론이고, 노래도 잘했다.

배우로서도, 가수로서도 큰 성공을 거두는 그들의 미래를 알기에 난 그들을 고른 것이었다.

이 중에서 가장 욕심이 나는 배우?

단연 유시현이다.

배용진과 함께 한류의 주역이 되는 배우이기 때문이다.

"돈은 벌면 됩니다."

황금 알을 낳는 거위를 놓치는 것, 너무 아까웠다. 그래서 내가 영입에 필요한 돈은 벌면 된다고 말했을 때였다.

지이잉, 지이잉.

신대섭에게 전화가 걸려 왔다.

"강희입니다."

이강희에게서 걸려 온 전화라고 밝히며 내게 양해를 구한 신대섭이 전화를 받았다.

"응, 무슨 일 있는 것 아니지? 그래. 혹시나 해서. 지금? 서진우 씨를 만나고 있어. 감사 인사 전했냐고? 그게……."

"저 좀 바꿔 주시죠."

이강희와 통화를 이어 나가고 있는 신대섭 대표의 앞으로 손을 내밀었다. 그리고 신대섭에게서 휴대 전화를 건네받은 내가 이강희와 통화를 시작했다.

"이강희 씨, 감사 인사는 만나서 직접 하세요."

―그럼 오피스텔로 찾아오실래요? 제가 요리 실력이 뛰어나지는 않지만, 간단한 안주 정도는 만들 수 있거든요.

"싫습니다."

―네?

"실력 좋은 주방장이 대접하는 맛있는 음식을 먹고 싶거든요. 절 만나고 싶으면 이강희 씨가 나오세요. 술 한잔 대접하겠습니다."

내가 술 한잔 대접할 테니 나오라고 제안했지만, 이강희에게서는 바로 대답이 돌아오지 않았다.

가부에 대한 답을 하지 않고 한참을 침묵했다.

'결정이 쉽지 않을 거야.'

그리고 난 이강희가 망설이는 이유를 충분히 짐작할 수 있었다.

아까 신대섭은 이강희가 동영상이 공개됐던 초기에 비해서는 훨씬 안정된 상태라고 말했었다.

그러나 지금까지 이강희는 두문불출하며 한 차례도 집밖으로 나오지 않았다.

세상 사람들의 시선이 여전히 두렵기 때문이었다.

'그래도 나와야 해.'

그런 이강희의 심리 상태가 이해가 가지 않는 것은 아니었다.

그렇지만 이강희의 직업은 배우다.

싫든 좋은 대중들 앞에 다시 서야만 했다.

그리고 모든 일에는 타이밍이 중요했다.

세상 사람들의 관심이 사그라들 때까지 숨어 지내는 것보다 정면 돌파를 선택하는 것의 그림이 훨씬 더 좋았다.

해서 지금이 적기라고 판단한 내가 다시 입을 뗐다.

"어선재 특실에서 기다리겠습니다."

＊　　　　　＊　　　　　＊

'나가도… 될까?'

통화를 마친 지 한참 지났지만, 이강희는 여전히 휴대 전화를 귀에 댄 채로 고민을 거듭했다.

동영상 유출 사태가 발생한 후 지금까지 집 안에서만 지낸 이유.

세상 사람들의 시선이 두려워서였다. 그리고 이 집은 그동안 이강희에게 있어 든든한 방패막이 역할을 해 줬다.

그런데 어느 시점이 지난 순간부터는 오히려 감옥처럼 느껴지기 시작했다.

'평생 이 집에 갇혀 살아야 하는 건 아니겠지?'

갑갑했다. 그래서 신대섭에게는 알리지 않았지만, 이강희는 그동안 집을 몇 차례 빠져나갔던 적이 있었다.

야구 모자를 푹 눌러쓰고, 안경과 마스크까지 착용하며 최대한 얼굴을 가린 채로 집 근처 슈퍼마켓에 들르거나, 식당에 들러서 음식 포장을 해 왔었다.

다행인 점은 아무도 자신을 알아보지 못했다는 것이었다.

하지만 어선재 특실에서 기다리겠다는 서진우의 이야기를 듣고 난 후, 이강희는 불안함을 느꼈다.

집 근처 슈퍼마켓에 들르는 것과 강남 한복판에 위치해 있는 고급 일식집인 어선재로 찾아가는 것은 엄연히 달랐기 때문이었다.

쪼르륵.

이강희가 잔에 따른 위스키를 한 모금 마셨다.

"언제까지나 숨어 지낼 수만은 없어."

독한 위스키를 한 모금 마시고 나자, 용기가 생겼다.

"아무도 못 알아볼 거야."

집 근처 슈퍼마켓과 식당을 방문할 때처럼 야구 모자를 푹 눌러쓰고, 안경과 마스크까지 착용하고 외출 준비를 마쳤을 때였다.

지이잉, 지이잉.

신대섭에게서 전화가 걸려 왔다.

"오빠."

―안 와도 돼. 부담 갖지 말라고.

"아니, 갈게."

―정말 올 거야?

"응. 서진우 씨한테 직접 감사 인사하고 싶어."

―알았다. 그럼 내가 데리러 갈게.

"아니, 나 혼자 찾아갈게."

―괜찮겠어?

"내가 애야? 아무 걱정하지 말고 기다려."

후우.

씩씩하게 대답하고 신대섭과 통화를 마치자마자, 이강희는 길게 한숨을 내쉬었다.

두려움과 설레임이 절반씩 섞여 있는 한숨을 내쉰 후, 이강희가 용기를 쥐어짜 내며 문고리를 돌렸다.

*　　　　*　　　　*

드르륵.

특실의 문이 열리고 야구 모자를 눌러 쓰고 안경과 마스크까지 착용한 이강희가 안으로 들어왔다.

뒤이어 이강희가 걱정돼서 아까부터 어선재 앞에서 기다리고 있던 신대섭이 안도한 표정으로 들어섰다.

"먼 길 오시느라 고생했습니다."

현재 이강희가 거주하는 오피스텔에서 어선재까지의 거리.

택시를 타면 15분 거리였으니, 멀다고 표현하긴 어려웠다.

그렇지만 이강희의 입장에서는 무척 멀게 느껴졌을 것이었다.

그런 그녀의 심정을 충분히 이해할 수 있었기에 먼 길 오느라 수고했다는 말을 건넨 것이었다.

"비싼 것 먹을 거예요."

여기까지 오는 동안 아무도 자신을 알아보지 못한 것에 안도감과 용기를 느껴서일까.

이강희의 표정은 내 예상보다 더 밝았다.

"드시고 싶은 것은 얼마든지 시키셔도 됩니다. 용기를 내신 것에 대한 보답 차원으로 제가 사겠습니다."

이강희가 먹고 싶어 하는 메로 구이를 추가로 주문하고, 본격적으로 술을 마시기 시작했다.

몇 순배 술잔이 돌고 났을 때, 내가 술 주전자를 들며 이강희를 바라보았다.

"제가 한 잔 따라 드리겠습니다."

쪼르륵.

그녀가 손에 쥔 사기잔에 술을 채우며 내가 말했다.

"힘내세요."

"……?"

"저희 누나가 이강희 씨에게 전해 달라고 부탁한 말입니다."

"아, 네. 감사하다고 전해 주세요."

이강희가 희미한 웃음을 지은 채 술잔을 내려놓은 후, 내가 들고 있던 술 주전자를 향해 손을 뻗었다.

"그거 아세요? 제가 지금까지 살아오면서 들었던 힘내란 말보다 요 한 달 사이에 힘내란 말을 훨씬 더 많이 들었다는 것요."

쪼르륵.

술 주전자를 기울여 내가 손에 쥐고 있던 술잔을 채우며 이강희가 덧붙였다.

"진심으로 감사합니다."

"절 미워하지 않았습니까?"

"처음엔 그랬어요. 서진우 씨가 싫고 미웠어요. 서진우 씨 때문에 내 인생이 끝장날지도 모르겠구나 하는 생각도 들었고요."

"지금은요?"

"네?"

"처음엔 그랬다고 말씀하셨잖습니까? 그러니 지금은 저에 대한 생각이 바뀌었다는 뜻 아닙니까?"

"맞아요, 바뀌었어요. 서진우 씨 덕분에 시한폭탄을 제거할 수 있게 됐으니까요. 만약 이번 기회에 시한폭탄을 제거하지 않았다면… 제 인생은 계속 불안의 연속이었을 거예요. 그리고 정종수, 그 개자식에게서 평생 벗어나지 못했겠죠."

"평생은 아니었을 겁니다. 이강희 씨의 이용 가치가 끝났다고 판단했을 때는 버렸을 테니까요."

"어쨌든 고마워요. 서진우 씨 덕분에 시한폭탄은 제거됐고, 그 개자식에게서도 벗어날 수 있게 됐으니까요."

내게 감사 인사를 건네는 이강희의 표정에는 진심이 묻어났다. 그렇지만 난 웃는 대신 정색한 채 입을 뗐다.

"지금부터가 아주 중요합니다. 앞으로 이강희 씨가 계속 배우 생활을 할 수 있는가 여부는 지금 어떤 선택을 내리느냐에 달려 있으니까요."

"선택이라면……?"

"사람들의 시선을 겁내지 마세요."

"네?"

"사람들의 시선이 두려워서 계속 도망친다면, 이강희 씨는 결국 배우로서 다시 카메라 앞에 설 수 없을 겁니다."

'너무 냉정했나?'

미안한 마음이 들긴 했지만, 세상은 동화가 아니다.

이게 엄연한 현실이다.

사람들이 던지는 시선에 대한 두려움은 이강희가 스스로 이겨 내는 수밖에 없다.

그 사실을 알기 때문일까.

지그시 입술을 깨물고 있던 이강희가 술잔을 단숨에 비운 후 자리에서 일어났다.

"화장실 좀 다녀올게요."

*　　　　　*　　　　　*

"이 멍청한 자식아. 이제 정신 차릴 때도 됐잖아?"

강태승이 한심하다는 시선을 던지며 꺼낸 이야기를 들은 강주승이 인상을 팍 구겼다.

성질 같아서는 한바탕 설교를 늘어놓고 있는 강태승에게 바락바락 대든 후, 자리를 박차고 일어나 버리고 싶었다.

그렇지만 아버지인 강기춘을 떠올리며 강주승은 이를 악물고 참았다.

만약 형인 강태승에게 잔소리 집어치우라고 소리를 지르고 난 후 자리를 박차고 일어나 버렸다는 이야기가 아버지의 귀에 들어간다면?

지금보다 미운 털이 더 심하게 박히게 될 것이 확실했다.

"앞으로 아버지 이름에 먹칠할 일은 하지 마. 내 말, 알아들었어?"

"알았다니까."

"대답만 하지 말고."

"조용히 지낼게. 이제 됐지?"

"마지막으로 한 번만 더 믿어 본다."

강태승이 먼저 일어서며 물었다.

"안 가?"

"먼저 가. 남은 거 마저 마시고 일어날게."

"취할 때까지 마시지 말고."

마지막까지 잔소리를 늘어놓던 강태승이 떠나고 나서야 강주승이 술 주전자를 들었다.

벌컥벌컥.

술 주전자째 입을 대고 술을 배 속으로 들이부은 강주승이 이를 바드득 갈았다.

"아주 신이 나셨네."

도기철의 별장에서 술을 함께 마시던 도중 검찰이 들이닥쳤었다.

여러 혐의로 구속 수사를 받다가 무혐의로 풀려 나긴 했지만, 이미 그 일로 인해 아버지에게 미운털이 박힌 후였다.

그런 강주승의 불행에 형인 강태승은 신이 났다.

후계 구도 대결에서 유리한 고지를 선점했다고 판단해서였다.

"내가 잘못한 건 아무것도 없어."

기분이 더러워서 술을 들이붓다시피 한 탓에 강주승은 금세 취했다.

드르륵.

요의를 느낀 강주승이 특실 문을 열었다.

퍽.

비틀거리며 화장실로 걸어가 소변을 본 후 나오던 강주승이 누군가와 어깨가 부딪쳤다.

"뭐야?"

"죄송합니다."

자신과 어깨를 부딪친 여자가 급히 사과했다. 그리고 여자 화장실로 들어가려고 했지만, 강주승이 어깨를 낚아챘다.

"너, 맞지?"

강주승이 어깨를 잡고 있는 힘을 더하며 여자를 돌려세웠다.

야구 모자를 쓰고 있었지만, 강주승은 여자의 얼굴을 금세 알아봤다.

"이강희 맞네. 별장에서 만났는데 기억 안 나?"

"사람 잘못 보셨습니다. 이거 놔 주세요."

"내가 눈썰미가 겁나 좋아. 특히 이쁜 여자는 한 번 보면 절대 안 잊어버리거든. 여기서 다시 만난 것 보니까 우리 인연이 깊긴 한가 봐."

"이거 놔 달라……."

"너지?"

"네?"

"네가 신고했잖아. 내가 모를 것 같아? 너 때문에 내가 얼마나 쪽팔렸는지 알아? 마침 잘 만났다. 날 쪽팔리게 했으면 대가를 치러야지."

강주승이 야구 모자의 챙을 손으로 올려 쳐서 벗기자, 이강희의 긴 머리가 흘러내렸다. 그리고 이강희를 바라보며 강주승이 비릿한 미소를 날렸다.

"동영상 봤다. 몸매 끝내주던데."

동영상을 봤다는 이야기를 던지자 이강희의 눈초리가 파르르 떨렸다.

잔뜩 겁에 질려 있는 이강희의 모습을 확인한 순간, 강주승은 욕정이 치밀었다.

"그런 동영상까지 찍어 놓고 별장에서는 순진한 척 행세를 했어? 이거 아주 웃기지도 않는 년이네. 어느 쪽이 본 모습이야?"

와락.

강주승이 이강희의 머리채를 잡았다.

"확인해 보게 따라와."

"아아악."

강주승이 그녀의 머리채를 잡은 채 술을 마시던 특실로 끌고 가기 시작했다.

"뭘 봐? 안 비켜?"

이강희의 비명 소리를 들은 종업원들이 몰려왔다.

그런 그들에게 소리친 강주승이 막 특실 앞에 도착했을 때였다.

"그 손, 놔라."

낮게 깔린 목소리가 들려왔다.

그 목소리가 들려온 방향으로 고개를 돌렸던 강주승의 눈에 새파랗게 젊은 놈이 서 있는 게 보였다.

"뭘 봐, 이 새끼야?"

"……."

"남의 일에 신경 끄고 꺼져."

드르륵,

강주승이 뇌까리고 난 후, 특실의 문을 열었다.

쾅.

그렇지만 강주승이 열었던 특실의 문은 다시 닫혔다.

젊은 놈이 힘을 주어 문을 닫은 것이었다.

"이 새끼야, 꺼지란 말 못 들었어?"

"그 손부터 놔. 처 맞기 전에."

"뭐?"

강주승이 이강희의 머리채를 움켜잡고 있던 손을 놓고 주먹을 말아 쥐고 휘둘렀다.

퍽.

그 주먹에 얻어맞은 젊은 놈의 얼굴이 돌아갔다.

"별것도 아닌 새끼가 꺼지라고 할 때……."

일격을 적중시키고 웃으며 소리치던 강주승이 도중에 입을 다물었다.

젊은 놈이 히죽 웃는 것을 발견했기 때문이었다.

"고맙다."

"뭐?"

"먼저 때려 줘서."

강주승이 영문을 모르겠다는 표정을 짓고 있을 때였다.

젊은 놈이 갑자기 달려들었다.

"어… 어……."

피하려고 했지만, 이미 취한 몸은 뜻대로 움직이지 않았다.

쿵.

발에 걸려서 뒤로 넘어진 강주승의 등에 충격이 전해졌다. 그렇지만 곧 그 충격은 잊어버렸다.

자신의 가슴에 닿아 있는 젊은 놈의 무릎 때문이었다.

"끄아아."

명치 어림에서 참기 힘든 고통이 시작됐다. 그리고 호흡이 뜻대로 되지 않으며 숨이 가빠졌을 때였다.

"내가 아는 조폭이 있어."

무릎으로 가슴을 꽉 누른 채 젊은 놈이 귓속말을 건네기 시작했다.

"그 조폭이 여길 무릎으로 꽉 누르고 있으면 숨을 못 쉰다고 알려 주더라고. 30초쯤 지나면 죽을 거라고도 했고. 보자, 네가 먼저 때렸으니까 정당방위로 처벌을 피할 수도 있겠네.

뭐, 최악의 경우에도 과실 치사일 거고. 초범이니까 집행 유예가 될 가능성이 높지. 아, 내가 잘 아는 검사님이 있으니까 그냥 정당방위가 성립될 가능성이 높겠다."

"……."

"그런데 너같이 한심한 새끼 죽이고 재판까지 받기에는 시간이 너무 아깝다. 운 좋은 줄 알아. 덕분에 산 거니까."

강주승이 겁에 질렸다.

'이 새끼, 진짜 날 죽이려고 했어.'

젊은 놈의 눈에 어렸던 살기.

강주승에게 죽음의 공포를 심어 주기에 충분했다.

"누가 좀 도와주세요. 곧 경찰이 도착할 테니까 잠깐만 제압해 주시면 됩니다."

잠시 후, 명치 부근을 강하게 압박하던 젊은 놈의 무릎이 떨어졌다.

"쿨럭, 쿨럭."

막혔던 숨이 트인 강주승이 기침을 하기 시작했을 때였다.

"이강희 씨, 괜찮습니까?"

젊은 놈이 반쯤 넋이 나가 있던 이강희에게 다가갔다.

'둘이 어떤 사이지?'

강주승이 의문을 품었을 때, 이강희가 걸어왔다.

퍽.

이강희가 운동화를 신은 발로 힘껏 얼굴을 걸어찼고, 강주승의 눈앞이 하얗게 변했다.

*　　　*　　　*

'역시… 성격이 보통은 아냐.'

이강희가 쓰러져 있던 강주승의 머리를 발로 걷어차는 것.

나도 예상치 못했던 돌발 행동이었다.

그래서 이강희가 역시 보통 성격은 아니라고 감탄하던 난 곧 고개를 흔들어 상념에서 깨어났다.

예기치 못했던 사건이 벌어진 상황.

이 상황을 수습하는 것이 중요했다.

'수습한다는 표현은 좀 그러네. 최대한 이용한다고 표현하는 게 더 맞겠어.'

"아는 놈입니까?"

내가 묻자, 이강희가 고개를 끄덕였다.

"그날, 별장에서 봤어요."

"괜찮은 조연이네요."

"네?"

"그런 게 있습니다. 방으로 들어가 계세요. 뒤처리는 제가 알아서 하겠습니다."

이강희가 바닥에 떨어져 있던 야구 모자를 주워서 다시 쓴 후 신대섭이 기다리고 있는 방으로 돌아갔다.

"사장님, 계신가요?"

그리고 이강희가 떠나자마자 난 이번 사건을 최대한 유리하게 이용하기 위해서 움직이기 시작했다.

"제가 사장입니다."

50대 초반으로 보이는 젠틀한 인상의 남자가 나섰다.

"가게 내부에 CCTV가 있습니까?"

"방에는 없지만, 복도를 촬영하는 CCTV는 있습니다."

"그럼 조금 전에 벌어졌던 일들이 전부 찍혀 있겠네요?"

"네."

"부탁 하나만 드리겠습니다. CCTV에 녹화된 영상 복사본이 필요합니다."

"그건 왜……?"

"한 여자의 인생이 걸린 일입니다."

내 이야기를 들은 사장이 힘껏 고개를 끄덕였다.

"알겠습니다. 저를 따라오시죠."

경찰이 도착하기 전, 난 CCTV에 녹화된 영상 복사본을 획득하는 데 성공하고 속으로 쾌재를 불렀다.

잠시 후, 경찰이 도착했다. 그리고 경찰에게 연행되어 가는 강주승의 앞으로 다가간 내가 귓속말을 건넸다.

"고맙다."

"……?"

"네 덕분에 우리 강희 씨에게 아군이 생길 거거든."

＊　　　＊　　　＊

동양일보 본사 야외 휴게실.

내가 캔 음료를 홀짝거리고 있을 때, 이은형이 다가왔다.

"진우 군, 오랜만이에요."

"네, 이 기자님, 잘 지내셨습니까?"

올해 수학 능력 시험 사회 탐구 영역 문항 중에 복수 정답이 있다는 것을 제보하는 과정에서 이은형 기자와 처음 인연을 맺었다. 그리고 수학 능력 시험 유일한 만점자로 인터뷰를 하는 과정에서 또 한 번 인연이 이어졌었고.

그 두 차례 인터뷰가 무척 인상적이었기 때문일까.

날 만나고 있는 이은형의 두 눈은 기대로 물든 채 반짝반짝 빛나고 있었다.

"기사 봤어요?"

"네, 봤습니다."

"어땠어요?"

"대국민 사기극."

"……?"

"우리 누나가 그 기사를 보고 한 표현입니다. 기사 제목에서는 수능 만점을 맞은 비결을 알려 줄 것처럼 해 놓고 기사를 읽어 보면 비결이 빠졌다는 이유로 분노하더군요."

"안 그래도 항의 전화 많이 받았어요. 그래서 진우 군도 실 망했어요?"

"아닙니다. 저는 기사 제목에 아주 만족했습니다."

"다행이네요. 그런데 무슨 일로 날 다시 찾아왔어요? 아까 제보할 게 있다고 한 것 같은데."

"네, 제보할 게 있어서 찾아왔습니다. 제가 아는 기자분이 이 기자님밖에 없어서 연락을 드리긴 했는데……."

"그런데 뭐가 문제예요?"

"문화부가 아니라 사회부에 더 어울리는 제보 내용이라서 요."

"그거라면 걱정할 것 없어요. 제보 내용이 괜찮으면 제가 사회부에 전달하면 되니까요. 그 전에 일단 제보 내용이 뭔지 확인부터 해야겠죠?"

"직접 보시죠."

내가 등에 매고 온 가방에서 낑낑거리며 노트북을 꺼냈다.

'엄청 무겁네.'

최신형 노트북을 구입했음에도 불구하고 크기와 무게는 그램 노트북에 익숙해져 있는 날 놀라게 하기에 충분했다.

잠시 후, 내가 동영상 파일을 재생시켰다.

동영상 파일 속 장면은 어선재 복도를 촬영한 CCTV 녹화 본.

유심히 동영상 파일을 살피던 이은형이 질문했다.

"이강희 씨, 맞나요?"

CCTV 영상 화질이 썩 좋은 편은 아니었지만, 등장인물들의 얼굴을 확인할 수 있을 정도는 됐다.

"네, 맞습니다."

내가 확인해 준 순간, 이은형이 눈살을 찌푸렸다.

동영상 속에서 강주승이 이강희의 머리채를 잡고 끌고 가는 장면을 목격했기 때문이었다.

"이 남자는 누구예요?"

"강주승입니다."

"강주승?"

"오복식품 강기춘 회장의 둘째 아들입니다."

"아, 오복식품."

오복식품은 주로 유제품을 비롯한 신선 식품류를 생산해서 판매하는 식품 업체.

이은형도 오복식품에 대해서 알고 있었다.

"인간 말종이네요."

같은 여자이기 때문일까.

이은형은 이강희에게 거침없이 폭력을 가하는 강주승에게 맹렬한 적의를 감추지 않고 드러냈다. 그래서 위기에 처한 이강희를 구하기 위해서 등장한 남자에게 더욱 뜨거운 환호를 보내며 질문했다.

"이 백마 탄 왕자님은 누군가요?"

"곧 알게 되실 겁니다."

백마 탄 왕자가 바로 나란 사실을 내 입으로 밝히기는 쑥스러웠다. 그래서 대답을 미루었을 때, 이은형이 노트북 화면에 고정하고 있던 고개를 내 쪽으로 돌렸다.

"맞아요?"

"네?"

"위기에 처한 이강희 씨를 구하기 위해서 짠 하고 나타난 백마 탄 왕자님이 진우 군이 맞냐고요?"

"네, 제가 맞습니다."

내가 맞다고 확인해 주었음에도 불구하고 이은형은 내 얼굴에서 시선을 떼지 않았다.

"왜 그렇게 보십니까? 혹시 백마 탄 왕자가 저라서 실망하신 겁니까?"

"그건 아니에요."

"그럼 왜 그렇게 보십니까?"

"신기해서요."

"……?"

"공부만 잘하는 범생인 줄 알았는데 이강희라는 어배우와는 또 어떻게 아는 사이가 됐어요?"

"공적인 관계입니다."

"공적인 관계라."

이은형은 호기심 가득 감긴 시선을 던지고 있었다.

그 시선이 부담스러워진 내가 서둘러 화제를 돌렸다.

"중요한 건 백마 탄 왕자의 정체가 아닙니다. 이 동영상에서 진짜 중요한 것은 여성에 대한 폭력 행위죠."

"여성에 대한 폭력 행위가 핵심이다?"

"아쉽게도 CCTV에 음성은 녹화되지 않았습니다. 하지만 당시 제가 그 자리에 있었기에 두 사람 사이에 오간 대화를 확실히 들었습니다."

"강주승이 그때 뭐라고 했죠?"

기자의 본능일까.

이은형이 메모를 하기 위해서 수첩과 펜을 꺼내며 질문했다.

"동영상 봤다. 몸매 끝내주던데. 그런 동영상까지 찍어 놓고 별장에서는 순진한 척 행세를 했어? 이거 아주 웃기지도 않는 년이네. 어느 쪽이 본 모습이야? 확인해 보게 따라와."

당시 강주승이 했던 말을 내가 그대로 옮겼다.

샤삭.

수첩에 받아 적던 이은형이 펜을 도중에 멈추었다.

펜을 든 이은형의 손은 분노로 인해 바르르 떨리고 있었다. 그리고 날 바라보는, 아니, 노려보는 시선에는 맹렬한 분노와 적의가 담겨 있었다.

"이 기자님, 저는 그냥 강주승이 했던 말을 그대로 옮긴 것뿐입니다."

"알아요."

"그런데 왜 한 대 칠 기세로 절 노려보시는 겁니까?"

"아는데도 너무 열받아서."

여자의 적은 여자라는 말이 있다.

그러나 적어도 지금은 그 말이 통용되는 상황이 아니었다.

성관계 동영상이 세상에 공개되면서 이강희는 여배우로서, 또 여자로서 치명적인 타격은 입은 상태였다.

그녀에 대한 동정 여론이 일기 시작한 상황.

그런데 강주승은 불쌍한 여자인 이강희에게 물리적으로, 또 정신적으로 폭력을 가했다.

그로 인해 이은형은 같은 여자로서 분노한 것이었다.

'더 분노하세요.'

내가 바라고 있는 것이 바로 이런 상황이었다.

이강희가 당한 일에 분노한 여자들이 그녀의 아군이 돼서 함께 분노하며 싸우는 상황 말이다.

"가뜩이나 큰 충격을 받은 상황인데 이번 사건으로 인해 이강희 씨는 더 큰 충격을 받았습니다. 그녀를 돕고 싶습니다."

"나도 마찬가지예요."

"혹시 방송국에도 아는 기자분이 있습니까?"

"그건 왜 물어요?"

"글로 옮기는 것으로는 이 사건을 설명하는 것에 한계가 있습니다. 그래서 이 동영상 파일을 직접 보여 주고 싶습니다.

그게 이강희 씨가 얼마나 힘들고 억울한 상황에 처해 있는지 알릴 수 있는 최선의 방법이라고 판단하거든요."

"방송국에 아는 기자, 있어요."

"도와주시겠습니까?"

"나한테 맡겨요."

이은형이 비장한 표정으로 대답한 후 휴대 전화를 꺼내서 어디론가 전화를 걸었다.

"주 기자님, 오랜만이에요. 제가 제보를 하나 받은 게 있는데 주 기자님도 제보 내용을 한번 확인해 보셨으면 해서요. 네, 메일로 전달할 수도 있는데 직접 만나는 편이 더 좋을 것 같아요. 제가 꼭 드리고 싶은 말씀이……."

'서진우 군은 왜 그날 거기 있었나요?'

'이강희 씨와는 어떻게 아는 사이죠?'

'왜 서진우 군이 이강희 씨를 도우려는 거죠?'

평소의 이은형이었다면 내게 이런 질문을 던지며 확인부터 하려 들었을 것이었다. 그러나 그녀는 이런 질문들을 던지지 않았다.

무척 많이 흥분했다는 증거.

'이은형 기자라면 잘 처리할 거야.'

내가 확신하며 자리에서 일어섰다.

아직 해야 할 일이 남았기 때문이었다.

　　　　　　*　　　　　　*　　　　　　*

　이은형은 내 기대에 부응했다.

　―배우 이강희 씨를 폭행한 사건이 발생해서 국민들의 공분을 사고 있습니다. 식사를 하기 위해서 찾아갔던 식당에서 정체를 알 수 없는 한 남성에게 폭행을 당한 이강희 씨는 현재 큰 충격을 받은 상태로 입원 치료를⋯⋯.
　―배우 이강희 씨를 폭행한 이유가 무엇이냐는 기자들의 질문에 아직 경찰은 조사 중이라는 입장만 밝히고 있습니다.
　―배우 이강희 씨를 폭행한 남성은 현재 자택으로 귀가 조치된 것으로 알려져 파장이 일고 있습니다. 명백한 폭행 현행범을 풀어 준 경찰 측에 일 처리에 국민들의 비난이 쏟아지고 있는 가운데⋯⋯.
　―한편 폭행 피해자인 배우 이강희 씨를 위해서 함께 싸우겠다는 여성 단체들의 성명이 잇따르고 있습니다. 여성 단체들은 이강희 씨는 피해자라는 사실을 강조하면서⋯⋯.

　TV 뉴스에서는 이강희에 대한 뉴스를 앞다투어 다루고 있었다.
　그중에서 가장 내 마음에 드는 뉴스는 여성 단체들이 피해자인 이강희를 돕기 위해서 나서기 시작했다는 뉴스였다.

내가 가장 좋아하는 엄마표 제육볶음이 올라와 있는 밥상 앞에 앉아서 이강희 관련 뉴스를 보고 있을 때였다.

"딸, 밥 먹어."

"금방 갈게."

"빨리 나와. 국 다 식기 전에."

엄마가 방에 틀어박혀 있는 누나를 재촉했다.

"뭐 하느라 이렇게 꾸물거려? 빨리 나와서 수저라도 같이 챙겨 주면……."

재촉을 이기지 못하고 밥상이 다 차려진 후에야 거실로 나온 누나에게 엄마가 잔소리 신공을 시전하려 했다.

하지만 역시 누나는 내공이 장난 아니다.

엄마의 잔소리 신공이 본격적으로 시작되기 전에 바로 화제를 돌렸다.

"너, 맞아?"

＊　　　　＊　　　　＊

"갑자기 뭐가 맞냐는 거야?"

"저거 너 맞냐고."

TV 뉴스에서는 이강희가 어선재 복도에서 강주승에게 머리채를 잡힌 채 끌려가는 영상이 나오고 있었다. 그 영상 말미에는 나도 잠깐 등장했다.

"우리 아들이 왜 TV에 나와?"

말도 안 된다는 표정을 지은 채 TV 화면을 바라보던 엄마의 눈이 커졌다.

"우리 아들이… 진짜 TV에 나왔네."

영상 속 나는 대부분 뒷모습만 나왔다.

아주 잠깐 내 얼굴이 드러나긴 했지만, 모자이크 처리가 돼 있었다.

그럼에도 불구하고 엄마는 나라는 사실을 금세 알아챘다.

'이게 모성의 위대함이구나.'

뒷모습만 보고도 금세 나란 사실을 알아챈 엄마의 눈썰미에 감탄하고 있을 때, 누나가 다시 물었다.

"진짜 너, 맞아?"

"어떻게 알았어?"

"모자이크 처리 안 한 동영상이 인터넷에 나돌고 있거든. 거기 네 얼굴이 나와."

방송국에서 유출된 것이 아니다.

모자이크 처리를 안 한 동영상을 인터넷에 올린 것.

바로 내가 한 일이다.

그리고 내가 모자이크 처리를 안 한 동영상을 인터넷에 올린 이유는 강주승의 얼굴을 공개하기 위함이었다.

폭행한 남성의 신원이 드러나는 경우 표적을 찾으며 분노의 강도가 더 커지는 법.

게다가 이강희에게 이유 없이 폭행을 가한 강주승을 궁지에 몰아넣어 분명한 대가를 치르게 만들고 싶었던 것도 내가 모자이크 처리를 하지 않은 동영상을 공개한 이유였다.

"서진우, 네가 왜 저기서 나와?"

동영상 속에서 이강희를 도운 것이 내가 맞다는 사실을 알게 된 누나가 물었다.

"누나가 부탁했잖아."

"내가? 내가 무슨 부탁을 했는데?"

"기억 안 나?"

"……?"

"이강희 씨에게 힘내라고 전해 달라고 나한테 부탁했던 것. 그래서 그 말을 전해 주려고 만났던 거야."

"그럼 원래 강희 언니랑 알고 있었던 거야?"

"응."

"어떻게 아는 사이인데?"

"공적인 관계야. 나중에 기회가 되면 자세히 알려 줄게."

"서진우."

"왜?"

"내 동생이 아닌 것처럼 너무 낯설다."

"누나 동생 맞거든. 이제 밥이나 먹지?"

내가 된장국을 떠먹기 위해서 숟가락을 들었다. 그렇지만 국을 입 안에 넣는 데 실패했다.

"내 동생, 장하다."

누나의 애정 공세가 펼쳐졌기 때문이었다.

"숨 막혀. 징그럽게 왜 이래?"

"징그럽다니? 누나의 포옹을 받고 싶어서 안달 난 남자들 줄 세우면 1㎞는 늘어설걸. 영광인 줄 알아. 어쨌든 잘했다."

누나가 날 안고 있는 팔을 풀지 않은 채 덧붙였다.

"수능 만점 받았을 때보다 지금이 더 멋있어."

＊　　　　＊　　　　＊

"회장님, 큰일 났습니다."

강기춘이 눈살을 찌푸렸다.

노크도 없이 회장실로 뛰어들어 온 황 전무로 인해 담배 한 대를 피우며 즐기던 망중한이 방해를 받았기 때문이었다.

"무슨 일이야?"

"오복식품 불매 운동이 시작됐습니다."

"불매 운동?"

"네. 지금 인터넷을 중심으로 불매 운동이 확산되고 있고, 이미 상품을 구입한 고객들에게서는 환불 요구가 빗발치고 있습니다."

"호들갑 떨지 마. 잠깐 그러다 말 테니까."

"회장님."

"두유에 바퀴벌레 몇 마리 기어 들어갔을 때 기억 안 나? 그때도 언론에서 때리고 난 다음에 불매 운동 한다면서 한참 시끄러웠지만, 일주일도 안 갔어. 실제 매출에 타격도 거의 없었고. 이 나라 인간들이 원래 그래. 냄비 근성이 심해서 확하고 달아올랐다가 금세 식어 버리고 잊어버리지. 아직도 몰라?"

강기춘이 대수롭지 않게 말했지만, 황 이사의 굳어진 표정은 풀리지 않았다.

"회장님, 그때와 지금은 사안이 좀 다릅니다."

"뭐가 달라?"

"일부 제품에서 이물질이 발견된 것이 아닙니다. 폭행 사건, 그것도 약한 여성을 폭행한 사건이라 주 고객층인 여성 고객들의 분노가 엄청납니다."

강기춘이 고개를 갸웃했다.

"아직 합의 안 했어?"

강주승이 술집에서 폭행 시비에 휘말렸다는 소식은 강기춘도 회사 법무 팀장을 통해 전해 들었다.

그렇지만 대수롭지 않게 여겼다.

합의만 보면 끝날 거라고 생각했는데.

황 이사는 그렇게 간단한 사안이 아니라고 주장하고 있었다.

"회장님, 이걸 좀 보시죠."

노트북을 펼친 황 이사가 동영상 파일을 재생시켰다.

손가락 사이에 담배를 끼운 채 그 동영상 파일을 바라보던 강기춘에게 황 이사가 물었다.

"혹시 이강희라는 여배우를 아십니까?"

"알아. 뉴스에서 봤어."

"이 화면 속에서 강주승 팀장에게 머리채를 잡힌 채 끌려가는 여성이 이강희라는 여배우입니다."

"뭐?"

칙, 치익.

강기춘이 재떨이에 담배를 비벼 껐다.

지금 여유를 부릴 때가 아니라는 사실을 본능적으로 알아챈 것이었다.

"왜 머리채를 잡고 끌고 간 거야?"

"아직 모르겠습니다."

"모른다니?"

"법무 팀에서 이유를 알아내려고 했지만, 강주승 팀장이 현재 연락 두절 상태라고 합니다."

"이 멍청한 새끼는 도대체 어디 틀어박혀 있는 거야?"

쾅.

강기춘이 분을 이기지 못하고 탁자를 내리쳤다.

한동안 행동거지를 조심하라고 그렇게 당부를 했건만, 강주승이 그새를 못 참고 또 대형 사고를 친 것이었다.

'지금쯤 또 어디 숨어 있겠구만.'

본인이 대형 사고를 쳤다는 사실을 알고 있는 강주승은 수습할 생각 없이 잠수를 탔을 가능성이 높았다.

"황 이사."

"네, 회장님."

"황 이사가 보기엔 어때? 이대로 버티면서 시간이 지나면 잠잠해질까?"

"아까도 말씀드렸지만, 이번에는 어렵습니다. 이번 사건으로 인해 여성 고객들의 분노가 워낙 커서 계속 모르쇠로 일관하면서 버티다가는 불매 운동이 더 번질 수도 있습니다. 회장님도 아시겠지만, 최근 경기 하강 여파로 오복식품 매출이 부진한 상황입니다. 그런데 불매 운동이 길어지면, 회사가 어려워질 수도 있습니다."

"그럼 어떻게 해야 할까?"

"선제 대응이 최선이라고 생각합니다."

"선제 대응?"

"네. 결자해지란 말이 있지 않습니까? 이번 사건을 일으킨 강주승 팀장이 직접 기자 회견을 열어서 사과해야 합니다."

"정말… 그 방법밖에 없어?"

"네."

황 이사는 단호하게 대답했다.

선택의 여지가 없다는 사실을 알아챈 강기춘이 한숨을 내쉰 후 지시했다.

"이 멍청한 자식, 최대한 빨리 찾아서 내 앞에 데려와."

*   *   *

"축하합니다."

이강희의 오피스텔에서 만나자마자, 신대섭이 축하한다는 말을 건넸다.

"갑자기 웬 축하입니까?"

"불의에 맞서는 정의의 사도."

"……?"

"서진우 씨의 인기가 폭발적입니다. 게다가 올해 유일한 수능 만점자란 사실까지 알려지면서 팬 카페까지 생겼습니다."

팬 카페까지 생겼다는 이야기를 들은 내가 난감한 표정을 지었다.

모자이크 처리를 하지 않은 동영상을 공개한 이유.

강주승의 신원을 공개하기 위함이었다.

그런데 동영상 말미에 잠깐 등장했던 내가 이렇게 화제의 중심에 서는 것.

예상치 못했던 전개였다.

'그래도 영화 제작을 하고 있고 '블루윈드' 투자자라는 사실이 알려지지 않은 것은 그나마 다행이네.'

내가 머리를 긁적이고 있을 때였다.

"인정."

"……?"

"그때 서진우 씨가 좀 멋있긴 했어요."

이강희가 웃으며 말했다.

그런 그녀의 표정은 예상보다 밝았다.

'같은 편이 생겨서겠지.'

자신을 돕기 위해서 여성 단체들이 앞다투어 나선 것.

이강희의 입장에서는 큰 힘이 되었을 것이었다.

그런 그녀에게 내가 제안했다.

"기자 회견 하시죠."

"기자 회견요?"

내가 기자 회견을 제안하자, 이강희는 당황한 표정이었다.

그리고 당황한 것은 신대섭도 마찬가지였다.

"갑자기 왜 기자 회견을 하자는 겁니까?"

신대섭의 질문에 내가 대답했다.

"지금이 이강희 씨가 복귀하기에 최적기이니까요. 천금 같은 기회를 절대 놓치면 안 됩니다."

"하지만……"

"배우에게 가장 중요한 것은 이미지라고 생각합니다. 동의하십니까?"

"네, 동의합니다."

신대섭이 동의한 순간, 난 이강희를 보며 말했다.

"배우의 본모습을 알고 있는 대중은 거의 없습니다. 브라운관이나 스크린에서 보이는 이미지로 배우를 판단하기 때문입니다. 그래서 저도 이강희 씨를 만나고 난 후에 많이 놀랐습니다."

"머릿속으로 그리고 있던 이미지와 제 실제 이미지가 많이 달라서요?"

"청순가련하고 지고지순한 이미지는 아니더라고요."

내가 거침없이 몰아붙일 때, 눈물을 쏟는 대신 조목조목 따지던 모습.

또, 자신의 머리채를 잡아챘던 강주승에게 발길질을 하던 모습.

이강희를 만나기 전에 내가 갖고 있던 청순가련 이미지와는 많이 달랐다.

그 점을 지적하자, 이강희가 두 눈을 가늘게 뜨고 추궁했다.

"그거 욕이죠?"

"전사 같은 실제 모습을 감추고 천생 여자인 척 연기하는 것, 그동안 불편하지 않으셨습니까?"

"뭐, 불편하지 않았다면 거짓말이겠죠. 그래도 어쩌겠어요? 그게 여배우의 숙명인데."

"이번 기회에 이미지 변신 하시죠."

"네?"

"기자 회견을 통해서 그동안 이강희 씨가 갖고 있던 청순가련 이미지를 벗어던져 버리고, 새로운 이미지를 장착하자는 뜻입니다."

"어떤 새로운 이미지를 장착하자는 건가요?"

내가 대답했다.

"세상의 따가운 시선, 그리고 편견과 맞서 싸우는 여전사 이미지요."

＊　　　　＊　　　　＊

야구 모자, 뿔테 안경, 검정 마스크.

지금까지 방패 역할을 해 주었던 물품들이었다.

그 물품들을 모두 벗어 던지고 다시 카메라 앞에 서는 것은 무척 많은 용기가 필요한 일이었다.

그래서 지금이라도 도망치고 싶은 마음이 굴뚝같았다.

"계속 숨어 지낼 수는 없습니다. 지금이 여배우 이강희, 그리고 한 명의 여자인 이강희가 등장할 적기입니다."

그렇지만 서진우가 했던 말을 떠올리며 애써 용기를 쥐어짜 내 기자 회견장으로 걸어 올라갔다.

찰칵, 찰칵.

눈이 부셔서 앞이 보이지 않을 정도로 플래시 세례가 터진다.

기자 회견장을 가득 채우고 있는 기자들과 사람들의 모습이 전혀 눈에 들어오지 않는다.

간신히 마이크가 설치된 단상 앞에 앉는 데 성공한다.

"오랜만에 인사드립니다. 배우 이강희입니다."

인사말을 마치고 숨을 고른다.

"먼저 불미스러운 사건으로 많은 분들께 심려를 끼쳐 드린 점을 사과……."

간신히 준비한 멘트를 읽어 내려가기 시작했지만, 곧 멈출 수밖에 없었다.

퍼억.

무언가가 날아들어서 머리에 부딪쳤기 때문이었다.

주르륵.

날달걀의 비린내가 콧속으로 파고든다.

공들여 했던 화장이 지워진다.

"네가 무슨 염치로 카메라 앞에 서?"

날달걀을 던지고 소리치는 사람의 얼굴을 확인하기 위해서 이를 악물고 고개를 든다.

삿대질을 하는 중년의 남자가 보인다.

하지만 날달걀을 던지고 삿대질을 하는 남자를 제지하는

사람은 아무도 없다.

기자들과 카메라맨들은 날달걀에 얻어맞은 자신과 날달걀을 던진 남자를 카메라에 담고 기사를 작성하느라 여념이 없다.

서운하다.

그 서운함이 분노로 바뀐 순간이었다.

"이 창녀 같은 년아, 부끄러운 줄도 몰라?"

중년 남자가 더욱 거세게 삿대질을 하며 재차 소리친다. 그리고 창녀라는 표현을 들은 순간, 참고 참았던 눈물이 터질 뻔했다.

하지만 이강희는 이를 악물고 눈물을 참았다.

"이강희 씨가 죄를 지은 것은 아니지 않습니까?"

일전에 서진우가 했던 말이 용기를 북돋아 준다.

'싸우자.'

아무도 돕지 않는다면, 혼자서라도 맞서 싸워야 한다.

"내가… 내가 왜 창녀라는 이야기를 들어야 합니까? 당신은 사랑하는 사람이 없습니까? 사랑하는 사람과 사랑을 나눈 것이 그렇게 큰 죄인가요?"

눈물 대신 울분이 터져 나온다.

그 울분과 분노를 담아 이강희가 소리친다.

"나는 싸울 겁니다. 당신 같은 사람들의 따가운 시선과, 그리고 세상 사람들의 편견과 끝까지 맞서 싸우겠습니다."

*   *   *

"까아! 언니, 너무 멋있어요."

기자 회견 이후 채수빈은 이강희의 열혈 팬으로 변신했다.

팬심을 숨기지 못하는 채수빈을 보며 난 희미한 웃음을 머금었다.

'내 예상보다 더 극적인 기자 회견이었어.'

날달걀 투척이란 돌발 변수가 발생했던 이강희의 기자 회견은 나도 깜짝 놀랐을 정도로 큰 화제가 됐다.

기자 회견 도중에 날달걀을 얻어맞고, 창녀라는 비난과 삿대질을 당했음에도 불구하고 이강희는 끝내 울지 않았다.

마치 여전사처럼 끝까지 세상의 따가운 시선과 편견에 맞서 싸우겠다고 선전 포고를 했다.

'전세 역전.'

그 기자 회견이 끝난 후, 난 전세가 역전됐다고 확신했다.

그런 내 예측은 적중했다.

이강희를 작품에 캐스팅하고 싶다는 제안이 쏟아졌고, 광고 제의도 여럿 몰려들기 시작했으니까.

"그리고 선생님도 진짜 멋있었어요."

"나?"

"강희 언니를 구하기 위해서 나섰던 선생님의 모습, 꼭 백마 탄 왕자님 같았거든요."

채수빈은 황홀한 표정을 감추지 못했다.

"큼, 큼."

그 모습을 확인한 채동욱이 못마땅한 표정으로 헛기침을 했다.

"빨리 잔 비우고 한 잔 더 받지?"

"네, 알겠습니다."

빈 잔을 내밀자, 채동욱이 위스키를 따라 주며 물었다.

"혹시 서 선생은 여기까지 다 계산했던 것인가?"

"그렇습니다."

내가 솔직하게 대답하자, 채동욱이 놀란 표정을 감추지 못했다.

"좀, 아니, 많이 놀랍군."

"여론의 추이를 예측했습니다."

"여론의 추이?"

"비난, 동정, 자성, 그리고 응원."

"……?"

"이강희 씨에 대한 여론이 이런 순서로 흘러갈 것을 예측했습니다. 제가 한 일은 비난에서 응원으로 여론의 변화가 바뀌는 속도가 최대한 빨라질 수 있도록 조언한 게 전부입니다."

"너무 쉽게 얘기하는군."

"네?"

채동욱이 위스키를 한 모금 마신 후 덧붙였다.

"서 선생이 하면 뭐든지 쉬워 보인단 뜻이야."

*　　　　*　　　　*

'대단해.'

비난, 동정, 자성, 그리고 응원.

성관계 동영상이 세상에 퍼진 후, 이강희라는 여배우에 대한 여론의 향배는 빠르게 바뀌어 갔다.

이런 순서로 여론의 향배가 바뀔 것을 정확히 예측하는 것.

결코 쉬운 일이 아니었다.

그런데 서진우는 여론의 향배를 예측만 한 게 아니었다.

'블루윈드' 투자자로서 소속 연예인인 이강희의 재기를 돕기 위해서 여론의 향배가 빠르게 바뀔 수 있도록 최전선에서 진두지휘했다.

이제 겨우 예비 대학생에 불과한 서진우가 이런 일을 어렵지 않게 해낸 것이 채동욱을 감탄케 만든 것이었다.

그때였다.

"오복식품에 투자하셨나 보네요."

서진우가 불쑥 말했다.

"그걸 서 선생이 어떻게 알았나?"

"표정이 별로 안 좋으시더라고요."

'눈치도 빨라.'

채동욱이 재차 감탄하며 솔직하게 대답했다.

"서 선생 예상대로야. 오복식품 주식을 대거 매입했는데 불매 운동 사태가 벌어지면서 꽤 손해를 봤어."

"어떻게 하실 생각입니까?"

"응?"

"계속 오복식품 주식을 보유하고 계실 겁니까?"

"아직… 결정을 못 내렸어."

채동욱이 한숨을 내쉬며 대답했다.

'지금까지 경험상 불매 운동은 그리 오래가지 않을 테니 계속 오복식품 주식을 보유하고 있자'는 의견과 '이번엔 상황이 심각하니 손실이 더 커지기 전에 오복식품 주식을 매매하자'는 의견이 회사 내부에서 엇갈리고 있는 상황.

채동욱도 아직 어느 쪽으로 결단을 내리지 못한 상태였다.

"저라면 최대한 빨리 매매할 겁니다."

그때, 서진우가 말했다.

"이유는?"

"오복식품에는 불매 운동보다 더 큰 악재가 숨어 있으니까요."

"더 큰 악재? 그게 뭔가?"

"오너 리스크입니다."

채동욱이 팔짱을 꼈다.

오복식품에 대한 불매 운동이 시작된 원인.

강기춘 회장의 둘째 아들이 여배우 이강희를 폭행한 것을 비롯해서 여러 구설수에 휘말렸기 때문이었다.

그러니 오너 리스크를 안고 있는 것이 맞았다.

그렇지만 채동욱이 회의를 품은 이유.

'그놈이 다 그놈이야.'

대한민국에서 기업을 경영하는 놈들 중 범법 행위를 저지르지 않은 놈들이 얼마나 있을까?

거의 없다고 해도 과언이 아니었다.

즉, 대한민국 기업들은 거의 모두 오너 리스크라는 잠재적인 악재를 안고 있는 셈이었다.

하지만 서진우의 생각은 달랐다.

"오너 리스크를 간과해서는 안 됩니다. 특히 앞으로 몇 년은 더욱 오너 리스크를 경계해야 합니다."

"특별히 더 경계해야 하는 이유는?"

"향후 몇 년 사이에 수십, 아니, 수백개의 기업들이 줄도산을 할 가능성이 높습니다. 건실한 회사도 버티기 힘든 상황인데, 오너 리스크를 안고 있는 회사들은 더 버티기 어려울 테니까요. 두고 보십시오. 경기가 어려울수록 소비자들은 지갑은

닫고 꼭 필요한 곳에만 지갑을 열 겁니다. 그 과정에서 소비자들은 점점 현명해질 것이고, 오너 리스크는 그 기업에 더욱 치명적인 악재가 될 겁니다."

일리가 있다는 생각에 고개를 끄덕이던 채동욱이 질문했다.

"만약 오복식품 주식을 매매한다면 어디에 투자하는 게 맞을까? 서 선생이라면 어디에 투자할 텐가?"

그 질문을 받은 서진우가 대답했다.

"저라면… 데일리푸드에 투자하겠습니다."

＊　　　　＊　　　　＊

오복식품 강기춘 회장.

그도 바보는 아니었다.

오복식품 불매 운동 분위기가 심상치 않음을 깨달은 그는 빠르게 오복식품에서 근무하던 강주승을 직위 해제 시켰다. 그리고 강주승에게 대국민 사과 기자 회견을 하게 만드는 발빠른 행보를 보였다.

그러나 너무 늦었다.

돌아선 민심은 여전히 오복식품에 싸늘했다.

그리고 하나 더.

강주승은 기자 회견장에서 또 한 번 사고를 쳤다.

본인의 얼굴이 공개되는 것이 두려웠던 걸까.

선글라스를 착용하고 기자 회견에 나섰다가 오히려 더 큰 비난과 빈축을 샀다.

'안에서 새는 바가지 밖에서도 샌다더니.'

강주승의 대국민 사과 기자 회견을 보고 난 후, 내가 떠올렸던 생각이었다.

*   *   *

"왜 데일리푸드에 투자하려는 건가?"

채동욱의 질문을 받은 내가 대답했다.

"아까도 말씀드렸듯이 오복식품은 오너 리스크를 안고 있습니다. 그리고 더 큰 문제는 위기에 직면했을 때, 위기관리 능력이 현저히 떨어집니다."

강주승이 선글라스를 착용하고 대국민 사과 기자 회견을 나서는 것을 막지 못한 것.

오복식품의 위기관리 능력이 형편없다는 증거였다.

"당장 망하지는 않겠지만, 매출이 급하락하면서 오복식품은 큰 위기에 처할 겁니다. 장기적으로는 부도 가능성도 없지 않고요."

경쟁업체의 매출이 하락하면, 반사 이익을 누리는 업체가 존재하게 마련이었다.

경쟁 업체였던 데일리푸드는 반사 이익을 누리게 되는 대표적인 기업이었다. 그리고 내가 조사한 바로 데일리푸드 대표인 조용기는 오너 리스크와는 거리가 먼 사람이었다.

게다가 경영 감각도 있었다.

오복식품 불매 운동의 시발점이 된 이강희를 데일리푸드 광고 모델로 발탁한 것이 조용기 대표가 경영 감각이 있다는 증거.

"적어도 데일리푸드는 오너 리스크는 안고 있지 않습니다. 오복식품이 스스로 헛발질을 하고 있으니, 데일리푸드는 가만히 있어도 매출이 상승할 겁니다."

내가 이유를 밝힌 후, 채동욱을 힐끗 살폈다.

위스키가 담긴 잔을 든 채 그는 골몰히 생각에 잠겨 있었다.

그가 내 조언을 귀담아 듣고 오복식품 주식을 매각하고 데일리푸드 주식을 매입하는가 여부.

내 관심사가 아니었다.

난 '밸류에셋'의 직원이 아니기 때문이다.

그래서 난 화제를 돌렸다.

"제가 제작한 영화인 '텔 미 에브리씽'이 곧 개봉합니다. 제가 티켓을 드릴 테니 언제 극장에 한번 찾아와 주십시오."

양미향이 반색했다.

"어머, 우리 서 선생님은 정말 대단하세요. 꼭 찾아가서 관람할게요."

"감사합니다."

"수빈이 너도 갈 거지?"

"당연하지. 선생님이 만든 영화가 궁금해 죽겠어."

"당신은요? 당신도 갈 거죠?"

"응? 그러지 뭐. 대신 티켓은 필요 없네."

"네?"

"티켓을 구입해서 봐야지. 그래야 관객이 한 명이라도 더 늘 것 아닌가?"

이 아저씨, 날 너무 띄엄띄엄 본다.

그래서 살짝 반감이 들지만 난 꾹 참고 대답했다.

"그래 주시면 더 감사하죠."

＊   ＊   ＊

"답이 늦네."

일요일 오전, 오랜만에 늦잠을 자고 게으름을 피우던 내가 울리지 않는 벽돌폰을 보며 혼잣말을 꺼냈다.

지금 내가 기다리고 있는 연락은 크게 두 가지였다

'IMF' 시나리오 검토를 마친 유니버스 필름 이현주 대표의 연락이 하나였고, 신사업 발굴에 목말라 있는 동화백화점 손진경 대표의 연락이 나머지 하나였다.

"때가 되면 연락이 오겠지."

연락이 예상보다 늦어지고 있었지만, 초조하지는 않았다.

"배고프다."

허기를 느낀 내가 거실로 나갔다.

엄마와 누나의 모습은 보이지 않고, 아버지 혼자서 소파에 앉아서 TV를 보고 계셨다.

"엄마는 어디 가셨어요?"

"주연이랑 목욕탕 갔다."

"아, 네. 언제 오세요?"

"올 때가 거의 다 된 것 같은데. 왜? 배고파? 배고프면 우리 끼리 자장면 시켜 먹을까?"

아버지의 제안에 '콜.'을 외치려던 내 생각이 바뀐 계기.

너구리 한 마리 몰고 가시라는 광고가 TV에서 흘러나오는 것을 봤기 때문이었다.

'자파구리나 만들어 먹어 볼까?'

'기생충들'이란 영화가 흥행한 후, 영화에 등장했던 요리인 자파구리 광풍이 일었다.

그래서 나도 가끔씩 자파구리를 해 먹었던 적이 있었는데, 갑자기 자파구리가 먹고 싶다는 생각이 든 것이었다.

"그냥 제가 뭘 좀 만들어 볼게요."

"네가 뭘 만든다고?"

"대단한 건 아닙니다. 그러니까 너무 기대하지는 마시고요."

점심으로 자파구리를 만들기로 결심한 후 일단 주방에서 필요한 준비물을 찾아보았다.

자파게티는 있었지만, 너구리가 없었다.

'돼지고기도 좀 필요하고, 양파도 있어야겠네. 그리고 또 뭐가 필요하려나?'

사야 할 물품 목록들을 꼼꼼하게 메모한 후, 난 집 근처 슈퍼마켓으로 향했다.

슈퍼마켓에서 자파구리를 만들기 위해서 필요한 물품들 구입을 거의 마쳤을 때, 주머니에 넣어둔 벽돌폰이 진동했다.

'신대섭 대표?'

발신자는 신대섭.

"네, 신 대표님. 무슨 일로 전화하셨습니까?"

―잠깐 통화 괜찮으십니까?

수화기 너머로 들려오는 신대섭의 목소리에는 난감함이 묻어 있었다.

'또 무슨 일이 생겼나?'

해서 내가 살짝 긴장한 채 입을 뗐다.

"네. 괜찮습니다. 무슨 일 있습니까?"

―그게… 강희가 서진우 씨를 만나고 싶어 합니다.

"지금요?"

―네. 꼭 감사 인사를 하고 싶다고 고집을 꺾지 않습니다.

일단 심각한 일이 생긴 것은 아니란 것에 안도하며 내가 물었다.

"지금 어디십니까?"

―실은 서진우 씨 집 근처입니다.

"우리 집 근처요?"

―네.

"점심 식사는 하셨습니까?"

―아직입니다. 서진우 씨와 함께 점심 식사를 하려고 찾아왔습니다. 그리고…….

"그리고 또 뭡니까?"

―일행이 더 있습니다.

"네? 또 누가 함께 왔습니까?"

―우상이가 함께 왔습니다.

Chapter. 5

"전우상 씨요?"

―네.

'전우상이 함께 왔다?'

전우상은 내가 콕 집었던 '블루윈드' 영입 후보 중 한 명.

그가 왜 신대섭과 함께 동행했는지가 궁금했다.

그러나 호기심을 누른 채 난감한 표정부터 지었다.

이미 아버지에게 점심 식사를 직접 만들어서 대접하겠다고 큰소리를 친 상황이었기 대문이었다.

'어떡해야 하나?'

잠시 고민하던 내가 결심을 굳히고 입을 뗐다.

"그냥 저희 집으로 오시죠."

—네?

"제가 식사 대접을 해 드리겠습니다."

자파구리를 끓이는 것, 그리 어려운 일도 아니었다.

다행히 아직 슈퍼마켓 안이었으니, 재료만 넉넉하게 구입해서 가면 될 일이었다.

—그래도… 될까요?

"괜찮습니다. 집 주소는 아시죠? 초인종 누르지 마시고 집 앞에서 기다리시면 됩니다. 제가 곧 도착할 테니까요."

—알겠습니다. 그럼 이따 뵙겠습니다.

재료를 넉넉하게 구입하고 계산을 마친 내가 서둘러 집으로 향했다.

'왜… 넷이지?'

그런 내가 집 앞에 서 있는 인원이 넷임을 알아채고 고개를 갸웃했다. 아까 신대섭의 말대로라면 일행은 셋이어야 했다.

그런데 집 앞에는 네 명이 서 있었다. 그리고 가까이 다가간 후에야 난 예상치 못했던 손님이 한 명 더 찾아와 있다는 걸 알아챘다.

'손진경 대표?'

동화백화점 대표인 손진경도 우리 집 앞에서 서성이고 있었다.

손진경을 발견하고 좀 놀랐지만, 난 우선 신대섭과 인사를 나누었다.

"신 대표님, 내비도 없이 잘 찾아오셨네요."

"내비… 요?"

'앗, 나의 실수.'

신대섭이 의아한 표정으로 되묻는 것을 확인한 난 실수를 깨닫고 서둘러 화제를 전환했다.

"이강희 씨는 표정이 많이 편안해지셨네요."

"네, 덕분에요."

한결 편해진 표정의 이강희를 바라보던 내가 전우상에게 고개를 돌렸다.

'잘생겼네.'

40대 중반의 나이에도 전우상은 대한민국 대표 미남 자리를 지켰다.

그런데 20대 초반의 전우상의 외모는… 말 그대로 빛이 났다.

그래서 내가 그의 잘생긴 얼굴에서 시선을 떼지 못하고 있을 때, 전우상이 먼저 인사를 건넸다.

"강희 선배에게 말씀 많이 들었습니다. 전우상이라고 합니다."

"네, 반갑습니다."

"직접 한번 만나 뵙고 싶어서 실례를 무릅쓰고 찾아왔습니다."

'예의도 바르네.'

내가 흐뭇하게 웃으며 대답했다.

"잘 오셨습니다. 잠시 후에 다시 대화를 나누시죠. 다른 손님이 갑자기 찾아와서요."

전우상에게 양해를 구한 후, 난 손진경의 앞으로 다가갔다.

"손 대표님은 왜 여기 계신 겁니까?"

내가 묻자, 그녀가 휴대 전화를 들어 올리며 대답했다.

"서진우 씨가 전화를 안 받아서요."

"네?"

"해외 출장이 있었어요. 그사이 서진우 씨가 제게 했던 제안을 계속 고민해 봤어요. 그 고민의 결과를 빨리 알려 주고 싶었는데 서진우 씨가 전화를 안 받아서 공항에서 바로 날아왔죠."

'몰랐는데 성격 엄청 급하네.'

내가 속으로 혀를 내두를 때, 손진경이 덧붙였다.

"좋아요."

"네?"

"이게 내 대답이에요."

"동업을 하자는 말씀입니까?"

"네. 서진우 씨에게 베팅해 보기로 결정했어요."

손진경이 두 눈을 빛내며 대답했다.

'결단력 있네. 아니, 사람 보는 안목이 있는 건가?'

난 아직 보여 준 것이 많지 않다.

일을 하고 있지만 아직 첫 작품인 '텔 미 에브리씽'은 개봉 전이었고, '블루윈드'의 투자자였지만 아직 뚜렷한 성과는 없었다.

이런 날 믿고 동업을 선택하는 것.

절대 쉬운 결정이 아니었을 텐데, 손진경은 그 어려운 결정을 내린 셈이었다.

"손 대표님, 식사하셨습니까?"

"식사요? 아직인데요."

"그럼 같이 식사하시죠. 제가 대접하겠습니다."

"그래도… 될까요?"

"안 될 건 없을 겁니다."

신대섭 일행에게 전후 사정을 설명하자, 예상대로 흔쾌히
수락했다.

어차피 재료도 넉넉히 구입한 상황이었기에 내가 제안했다.

"자, 모두 들어가시죠."

"까아악."

예고 없이 손님들이 들이닥친 우리 집에 누나의 비명 소리
가 울려 퍼졌다.

"강희 언니, 팬이에요."

팬심이 폭발해서 한참 동안 이강희를 끌어안고 있던 누나
는 전우상을 발견하고는 그대로 얼어붙었다.

"누나."

"응?"

"티셔츠에 김치 국물 묻었다."

집에서 입는 하얀색 면 티셔츠에 붉은색 김치 국물이 묻었
다는 사실을 알려 주자마자, 누나는 고개를 아래로 떨궜다.

무릎이 툭 튀어나온 청색 추리닝 바지에 목이 축 늘어난 후

줄근한 하얀색 면 티셔츠, 그리고 하얀색 면 티셔츠 중앙에 묻어 있는 붉은색 김치 국물까지.

"까아악."

본인의 몰골이 형편없음을 뒤늦게 알아챈 누나는 재차 비명을 지른 후, 자기 방으로 날듯이 뛰어들어 갔다.

내가 놀란 것은 엄마도 누나와 비슷한 행동을 했다는 점이었다.

누나처럼 비명을 내지르지는 않았지만, 엄마도 얼굴을 붉힌 채 슬그머니 안방으로 들어갔다.

'이게 전우상 얼굴의 힘인가?'

내가 속으로 혀를 내두르며 엄마와 누나가 나오기를 기다렸다.

잠시 후, 옷을 갈아입고 화장까지 한 두 여인이 거실로 다시 나왔고, 그제야 내가 소개를 시작했다.

"우선 동화백화점 손진경 대표님은 구면이시죠?"

동화백화점에서 소란이 일었을 당시, 손진경이 나타났었다.

그곳에 엄마와 누나도 함께 있었기에 동화백화점 대표인 손진경의 얼굴을 기억하고 있었다.

"대표님이 무슨 일로 이렇게 누추한 곳까지 찾아오셨어요?"

"사업 문제로 아드님과 상의할 게 있어서 실례를 무릅쓰고 찾아왔습니다."

"우리 진우와 상의를요?"

"네. 아주 똑똑한 아드님을 두셔서 든든하시겠어요."

"이런 말은 안 하려고 했는데 우리 진우가 날 닮아서 머리가 아주 좋아요. 이번 수능에서……."

더 내버려 두면 엄마의 자식 자랑이 끝없이 이어질 것 같아서 내가 재빨리 끼어들었다.

"그리고 이강희 씨는 아시죠? 워낙 유명 인사니까요."

"이강희라고 합니다."

꾸벅 고개를 숙이며 인사하는 이강희를 안쓰럽게 바라보던 엄마가 그녀의 앞으로 다가갔다.

"고생 많았어요."

"감사합니다."

이강희의 손을 꼭 잡은 채 엄마가 고생했다는 말을 건네자, 그녀의 눈에 금세 눈물이 고였다.

"그리고 이쪽은 전우상 씨, 곧 대스타가 될 배우입니다."

"전우상입니다. 미리 연락도 없이 갑자기 찾아와서 큰 실례를 범했습니다."

"어머, 미남인데 예의도 바르네요."

"엄마, 내가 전에 한 말이 맞지?"

"무슨 말?"

"진우 얼굴로는 명함도 못 내민다니까."

"확실히 진우보다 잘생기긴 했네."

'엄마마저 날 배신할 줄이야.'

영원한 내 편이라 여겼던 엄마마저 날 배신할 줄은 몰랐다.

그래서 지독한 배신감을 느꼈지만, 상대가 전우상이었다.

이것이 얼굴 천재 전우상의 위엄이라 생각하며 애써 서운함을 달랬다.

전우상은 내가 봐도 잘생겼으니까.

난 마지막으로 신대섭을 소개했다.

"그리고 이분은 이강희 씨의 소속사인 '블루윈드'의 대표를 맡고 계신 신대섭 씨입니다."

"처음 뵙겠습니다. 신대섭이라고 합니다. 서진우 씨에게 많은 도움을 받고 있습니다."

대충 소개가 끝난 순간, 아버지가 나섰다.

"자, 다들 앉으시죠. 당신은 왜 앉아? 빨리 식사 준비 해야지."

"찬이 없는데……."

엄마가 난감한 표정으로 일어서는 것을 확인한 내가 말했다.

"엄마는 그냥 앉아 계세요. 오늘 식사는 제가 준비하겠습니다."

그 이야기를 들은 엄마가 당황한 표정을 지었다.

"진우 네가 식사를 준비한다고?"

"네."

"라면밖에 끓일 줄 모르면서 무슨 식사 준비를 한다고 해?"

'그래서 라면 끓일 겁니다. 좀 특별한 라면이긴 하지만.'

속으로 생각하며 자신 있게 대답했다.

"아들 한번 믿어 보세요. 오래 안 걸리니까 조금만 기다려 주세요."

엄마는 못미더운 시선을 던졌다.

그 시선을 모른 척 외면하고 주방으로 들어온 내가 본격적으로 자파구리 요리에 돌입했다.

약 15분 후, 자파구리를 다 끓인 내가 누나를 호출했다.

"누나, 이거 좀 같이 옮겨 줘."

접시에 나눠 담은 자파구리를 확인한 누나가 불안한 표정으로 바라보았다.

"이게… 대체 뭐야?"

"자파구리."

"먹을 수는 있는 거야?"

"일단 먹어 봐. 먹다 보면 생각이 바뀔걸."

씩 웃으며 대답한 내가 접시를 옮기기 시작했다.

잠시 후 접시가 다 옮겨졌을 때, 식탁 앞에 앉아서 자파구리를 바라보는 손님들의 표정도 아까 누나와 크게 다르지 않았다.

정체불명의 요리를 처음 접한 탓인지 불안한 표정으로 선뜻 젓가락을 들지 않고 있었다.

"자, 차린 것은 많이 없지만 드시죠."

가장 먼저 용기를 내어 젓가락을 든 것은 아버지였다.

'역시 아버지는 날 믿어.'

내가 아버지에게 감동했을 때였다.

후루룩.

젓가락으로 자파구리를 집어서 입속으로 밀어 넣었던 아버지가 두 눈을 크게 떴다.

"진우야, 이게 뭐냐?"

"자파구리라는 요리입니다."

"자파구리? 아주 맛있구나."

자파구리가 남녀노소를 불문하고 대유행을 한 데는 그만한 이유가 있다.

먼저 용기를 내서 자파구리를 맛본 아버지의 반응을 확인하고서야 손님들도 젓가락을 들었다.

"어머, 이거 맛있다."

이강희가 엄지를 추켜올렸다.

"서진우 씨, 요리도 잘하시다니 대체 못하시는 게 뭡니까?"

신대섭은 자괴감에 빠졌다.

그리고 전우상은……

"너무… 너무 맛있습니다."

자파구리 맛에 감동해서 울고 있었다.

'역시 배우들의 감수성은 확실히 남달라.'

내가 속으로 생각했을 때, 마지막으로 손진경이 입을 뗐다.

"이거… 팔죠."

"네?"

"이거 따로 만들어서 팔자고요."

사업가답게 손진경은 자파구리를 만들어서 팔 생각부터 했다.

"레시피를 공개할 수 있나요?"

손진경의 질문에 내가 대답했다.

"공개 불가입니다."

'하다못해 자파구리 레시피도 무기가 될 수 있구나.'

내가 속으로 생각했다.

2020년에는 인터넷에서 검색만 해도 좌르륵 뜨는 자파구리 레시피였다.

그런데 1996년에는 자파구리 레시피마저 무기가 됐다.

'회귀하니 좋긴 하구나.'

자파구리의 매력에 빠진 손님들은 금세 각자의 앞에 놓인 접시를 싹싹 비웠다. 그리고 식사를 마친 후에도 내게서 시선을 떼지 못했다.

양이 부족했기 때문일까. 전우상은 아쉬운 기색이 역력했다.

"다음에 또 대접해 드리겠습니다."

내가 말하자, 전우상의 표정이 눈에 띄게 밝아졌다.

'젊은 전우상은 아직 순진하구나.'

내가 속으로 생각하며 세상에 공짜는 없다는 사실을 알려주었다.

"단 조건이 있습니다. 가족이 되셔야 합니다."

"가족… 요?"

전우상의 시선이 누나에게 향했다.

그런 그의 두 눈에 깃든 감정은 갈등.

자파구리를 먹기 위해서 서주연과 결혼까지 해야 하는가 여부에 대해서 심각하게 고민하는 듯 보였다.

'제대로 오해했네.'

그 반응을 확인한 내가 쓴웃음을 머금었다.

가족이 되어야 한다는 조건.

서주연과의 결혼을 의미하는 것이 아니었다.

"'블루윈드'로 들어오시면 가족이 되죠."

현재 '골든 키 스튜디오' 소속인 전우상이 '블루윈드'로 소속사를 옮기면 한 가족이 될 수 있다는 뜻이었다.

그제야 말뜻을 이해한 전우상이 안도의 한숨을 내쉬었다. 그리고 그는 망설이지 않고 입을 뗐다.

"곧 가족이 될 겁니다."

*   *   *

'자파구리로 전우상을 '블루윈드'로 영입할 줄이야.'

꿈에도 예상치 못했던 대단한 성과.

해서 오히려 내가 당황했을 때였다.

"이미 계약 기간이 만료되는 대로 '블루윈드'로 이적하기로 결심한 상황이었습니다. 강희 누나 사건을 곁에서 지켜보면서 '블루윈드' 소속 배우가 되면 어떤 상황에서든 날 위해서 최선을 다해서 나서서 도와주겠구나. 이런 확신이 들었거든요."

'그럼 그렇지.'

자파구리로 전우상을 '블루윈드'로 영입하는 데 성공한 것이 아니었다는 사실을 뒤늦게 알아챈 내가 쓴웃음을 머금었을 때였다.

"저만 그런 생각을 한 게 아닙니다. 강희 누나 사건을 지켜본 아주 많은 배우들이 저와 같은 생각을 했습니다."

이강희의 약점을 손에 쥔 채 협박하던 정종수를 처리하고, 동영상이 공개되며 궁지에 몰렸던 그녀가 빠른 시간 안에 재기할 수 있도록 도운 것.

결코 쉬운 일이 아니었다.

그렇지만 전우상의 이야기를 듣고 그간의 노력이 절대 헛되지 않았다는 사실을 확인했다.

이강희 사건으로 인해 '블루윈드'는 배우들에게 신뢰를 얻었으니까.

"이동제 씨도 마찬가지인가요?"

"네? 네."

"두 분이 친하시죠?"

"그렇습니다."

"이동제 씨에게도 알려 주세요."

"뭘 알려 주란 겁니까?"

"'블루윈드'의 가족이 되면 어떤 상황에서든 이동제 씨를 지켜 줄 거라고. 또 자파구리를 실컷 먹을 수 있다는 것도요."

"알겠습니다."

농담을 던졌는데 무척 진지한 얼굴로 대답하는 전우상으로 인해 오히려 내가 당황했다.

'하긴 젊은 시절 전우상은 진지병에 걸려 있었지.'

픽 웃은 내가 아까부터 내게서 시선을 떼지 않고 있는 손진경 대표 쪽으로 고개를 돌렸다.

"왜 그런 눈으로 보십니까?"

"궁금해서요."

"……?"

"힌트의 의미 말이에요. 동업을 하려면……."

"그 얘긴 나중에 따로 하시죠."

손진경은 정말 성격이 급했다.

내가 알려 준 힌트인 음악에 숨은 의미가 궁금해서 참지 못하고 있었다.

그렇지만 난 그녀의 호기심을 풀어 주지 않았다.

손진경 대표와 동업을 할 거란 사실을 가족들에게 알리기 싫어서였다.

"나중에 언제요?"

하지만 손진경 대표는 쉽게 물러나지 않았다.

결국 내가 한숨을 내쉰 후 제안했다.

"밖으로 나가시죠. 식사 끝났고 차도 다 마셨으니 나가서 얘기하시죠."

VIP 고객 전담 팀.

첫 만남에서 서진우가 제안했던 것이었다.

당시 VIP 고객 전담 팀을 운용하란 제안을 듣고서 손진경은 귀가 번쩍 뜨이는 느낌을 받았다. 그리고 손진경의 장점 중 하나는 추진력이었다.

바로 동화백화점 내에 VIP 고객 전담 팀을 꾸려서 운영했고, 아직 운영을 시작한 지 얼마 흐르지 않은 시점임에도 불구하고 동화백화점 VIP 고객들의 반응은 좋았다.

VIP 고객들은 서비스에 만족감을 표했고, 이는 동화백화점 매출 상승으로 이어질 것이었다.

해외 출장 중에도 손진경은 꾸준히 VIP 고객 전담 팀 운영 상황을 체크했고, 그 결과 서진우에 대한 확신이 생겼다.

이것이 해외 출장을 마치자마자 집으로 향하지 않고 공항에서 바로 서진우의 집으로 달려갔던 이유였다.

"이것부터 확인하시죠."

커피 전문점에 도착하자마자, 손진경은 일단 계약서를 내밀었다.

"법무 팀에 지시해서 저와 서진우 씨가 동업을 하는 조건으로 계약서를 작성했어요. 확인해 보세요."

찬찬히 계약서 내용을 확인한 후 서진우가 고개를 끄덕였다.

"깔끔하네요."

"제가 손해 많이 보는 계약서거든요."

서진우가 제공하는 것은 신사업에 대한 아이디어.

반면, 손진경은 자금을 투입했다.

즉, 사업 실패 시 모든 손해는 자신이 보는 구조였다.

그래서 손진경이 억울한 표정을 지었지만, 서진우는 당당하게 대꾸했다.

"그럼 지금이라도 없던 일로 하시든가요."

"이미 난 도장도 찍었거든요. 그러니까 빨리 말해 봐요. 서진우 씨가 시작하려는 신사업이 무엇인지 궁금해 죽겠으니까요."

"일전에 힌트는 음악이라고 말씀드렸습니다."

"기억하고 있어요. 그런데 음악으로 대체 무슨 사업을 하려는 것인지 도무지 감이 안 와요."

"제가 구상하고 있는 사업의 궁극적인 목표는 대중들에게 음원을 제공하는 겁니다."

"음원을 제공한다고요?"

"네?"

"그럼 음반을 제작해서 판다는 뜻인가요?"

"비슷합니다. 일단은 음반을 제작해서 팔 겁니다. 그렇지만 아까도 말씀드렸듯이 궁극적인 목표는 음원을 대중들에게 돈을 받고 제공하는 겁니다."

1996년은 카세트테이프와 CD가 공존하는 시기였다.

하지만 카세트테이프는 머잖아 사라지고 CD로 음반을 내는 추세로 변한다. 그리고 획기적이라는 평가를 받으면서 영원히 지속될 것 같았던 CD의 전성시대도 그리 오래가지 않는다.

디지털 음원의 등장 때문이다.

매달 일정 금액을 내면 음원을 무제한으로 들을 수 있는 디지털 음원 서비스 사이트의 등장은 획기적이었다.

음악 시장의 판도를 일거에 바꿔 버렸으니까.

그리고 내가 손진경과 손을 잡고 하려는 신사업의 궁극적인 목표는 바로 디지털 음원 사이트 서비스 업체를 세우고 운영하는 것이었다.

하지만 디지털 음원 사이트 서비스 업체를 세우고 운영하는 것은 기술적 문제를 비롯한 여러 가지 문제들로 인해서 먼 훗날에나 시도 가능한 일이다.

결국, 디지털 음원 사이트를 서비스하기 위해서라도 준비 기간 동안 다른 사업으로 수익을 올리는 것이 필요했다.

"우선 가수를 발굴할 겁니다."

그래서 내가 준비한 것은 가수를 발굴해 히트 음반을 제작하는 것이었다.

가수를 발굴할 것이란 내 계획을 들은 손진경은 실망한 기식이 역력했다.

가수를 발굴해서 음반을 내고 판매하는 사업이 손진경이

기대하고 있던 신사업과는 한참 거리가 멀기 때문이리라.

그리고 기존 업체들이 이미 자리를 잡고 있는 음반 시장에 후발 주자로 뛰어들어 경쟁하는 것도 마음에 들지 않겠지.

어쩌면 당연한 일이다.

가수 한 명이 중견 기업 못지않은 매출을 올리는 것을 아직 본 적이 없었으니까.

"내키지 않으십니까?"

"솔직히 말씀드리면 기대했던 것과는 많이 다르네요."

"그럼 자파구리 장사나 하시든가요."

"자파구리 장사요?"

"자파구리 레시피를 알려 드리겠습니다. 그걸로 장사하시란 뜻입니다."

"서진우 씨도 함께할 건가요?"

내게 질문하는 손진경의 표정, 무척 진지했다.

'설마… 자파구리 장사를 진짜 하려는 건 아니겠지?'

그로 인해 오히려 내가 당황했다.

"물론 저는 안 합니다. 손 대표님과의 그간 인연을 감안해서 자파구리 레시피만 알려 주고 빠지겠습니다."

"왜 서진우 씨는 빠지려는 거죠?"

"한심해서요."

"네?"

"제 아까운 인생을 자파구리나 만들어 팔면서 허비하고 싶지 않습니다."

거짓말이 아니다.

무려 회귀씩이나 해서 돌아와서 자파구리 장사를 하는 것.

시간 낭비란 생각을 갖고 있었다.

"손진경 대표님도 마찬가지 아닙니까?"

"네?"

"신사업을 발굴하는 것, 동화그룹 후계 구도 다툼을 하고 있는 동화 건설 손진수 대표와의 격차를 확실히 벌리고 싶어서인 것 아닙니까?"

"그걸 어떻게……."

"신은하 씨에게 대충 들었습니다. 그리고 내가 그 사실을 어떻게 알게 됐느냐가 중요한 게 아니죠."

"……?"

"자파구리 만들어 팔아서 손진수 대표와의 격차를 확실히 벌릴 수 있을 것 같습니까?"

"그야… 불가능하죠."

"그럼 결정하시죠. 모험을 하든가, 아니면 안주하든가."

손진경은 선뜻 결정을 내리지 못하고 망설였다.

"절 믿고 동업하시기로 결심한 것 아닙니까?"

"그건… 맞아요."

손진경이 대답한 순간, 내가 힘주어 말했다.

"그럼 끝까지 믿어 보시죠. 후회하지는 않을 겁니다."

*　　　　　*　　　　　*

　1996년 3월 2일. 난 정식으로 한국대학교 법학과 96학번이 됐다.

　"이야, 넓긴 하네."

　한국대학교를 상징하는 조형물 앞에 서서 한참을 바라보던 내가 교정을 향해 힘차게 걸음을 옮겼다.

　셔틀 버스를 타고 법학과 건물에 도착했다.

　1학년 필수 전공 수업인 '법학의 이해' 강의실에는 이미 한국대 법학과 96학번 동기들이 대부분 도착해 있었다.

　'벌써 친해졌네.'

　오리엔테이션에 참석했던 동기들 중 일부는 이미 친해진 듯 무리를 이루고 있었다.

　물론 나는 오리엔테이션에 참석하지 않았다.

　바쁘기도 했지만, 굳이 참석할 필요를 느끼지 못했기 때문이었다.

　그럼에도 불구하고 날 알아보는 동기들은 많았다.

　"쟤가 서진우야. 이번 수능 만점."

　"공부 못하게 생겼는데?"

　"내 말이."

　"나도 신문에서 봤어. 실물이 훨씬 못하네."

'아 자식들이.'

열등감 때문일까.

일부 남자 동기들이 벌써 내 뒷담화를 하기 시작했다.

'안 들리게 작게라도 말할 것이지.'

날 바라보는 그들의 시선에 담긴 감정은 적의.

솔직히 왜 적의 어린 시선으로 날 바라보는지 잘 이해가 가지 않았다. 하지만 난 곧 이해할 수 있었다.

"그 백마 탄 왕자님이야."

"백마 탄 왕자?"

"이강희가 곤경에 처했을 때 구해 줬던 남자 말이야."

"아, 그 남자가 우리 학교 신입생이었어?"

"잘생겼다."

"완전."

한 무리의 여학생들이 내게서 시선을 떼지 못한 채 반쯤 넋이 나간 표정으로 바라보며 수군대고 있었다.

'이러다 금방 유명 인사 되겠네.'

내가 쓴웃음을 머금으며 빈자리에 앉았을 때였다.

또각거리는 힐 소리와 함께 한 여자가 내 앞으로 다가왔다.

'어?'

그 여자의 얼굴을 확인한 내가 두 눈을 크게 떴다.

'얘가 왜… 여기 있어?'

"서진우, 맞지?"

"응?"

"반갑다. 난 경영학과 96학번 이태리야."

그녀의 이름은 이미 말고 있다.

한국대학교 출신 미녀 배우 이태리.

그녀는 유명 인사였으니까.

미인들이 모여 있는 연예계에서도 두각을 드러냈을 정도로 미모가 특출나게 뛰어났던 데다가, 대한민국 최고 대학인 한국대 출신이라는 사실도 이태리를 더욱 돋보이게 만들며 톱스타 반열에 올랐다.

그런 그녀의 존재를 내가 모를 리 없었다. 그럼에도 불구하고 내가 당황한 이유.

그녀는 한국대 경영학과 학생이었다. 그리고 여기는 법학과 전공 과목 수업이 시작될 강의실이었고.

'왜 법학과 강의실에 찾아와 있는 거지?'

이태리가 여기 있는 이유를 물으려 했지만, 한발 늦었다.

"왜 안 왔어?"

그녀가 다짜고짜 따지듯 물었다.

"무슨 소리야?"

"오리엔테이션, 왜 안 왔냐고? 네가 올 줄 알고 귀찮은 걸

무릎쓰고 찾아갔었는데."

"바빠서."

"응?"

"그런 애들 장난하는 곳에 찾아다닐 정도로 내가 한가하지가 않거든."

내 대답을 들은 이태리가 황당하단 표정을 짓는다.

"와, 둘이 원래 아는 사이였어?"

"헐, 이태리는 내가 오티 때 보고 벌써 찜했었는데."

"야, 이태리는 내가 더 먼저 찜했거든."

"와, 말투 재수 없는 것 봐라. 누군 한가해서 오티 갔냐?"

내가 이태리와 대화를 나누는 것을 확인한 남자 동기들은 더욱 노골적으로 날 견제하기 시작했다.

하지만 난 신경 쓰지 않았다.

내가 기를 쓰면서 한국대 법학과에 입학한 이유.

저런 한심한 떨거지들과 친해지려는 것이 아니다.

내가 진짜 친해져야 할 진짜배기들은 따로 있었다.

"재밌네."

그리고 같은 말을 들었음에도 이태리의 반응은 남자 동기들과 달랐다.

생긋 웃으며 재밌다는 평가를 내렸다.

"우리 친하게 지내자."

이태리가 내게 손을 내밀며 악수를 청했다.

그렇지만 난 그 손을 맞잡지 않았다.

"싫어."

"왜 싫은데?"

나의 이런 반응은 예상치 못했을까.

이태리가 당황한 표정으로 질문한 순간, 내가 대답했다.

"너랑 친해지면 적이 너무 많이 생길 것 같아서."

"처음이야. 친하게 지내자는 내 제안을 거절한 남자는 네가 처음이라고."

이태리는 순정 만화의 여주인공 같은 대사를 남기고 떠났다.

'이상하게 불안하네.'

그 말을 던질 당시, 이태리의 두 눈은 반짝이고 있었다. 그 눈빛은 마치 동물원에서 처음 원숭이를 발견하고 관찰하는 아이의 눈빛과 흡사했다.

'신경 쓰지 말자.'

내가 애써 상념을 털어 냈을 때였다.

"서진우 군?"

또 한 여인이 내 앞에 나타났다.

"그런데요. 누구시죠?"

"저는 사학과 조교인 한수영이라고 해요."

"아, 네. 그런데 무슨 일로……?"

"교수님께서 서진우 군을 만나고 싶어 하세요."

"어느 교수님요?"

"강대집 교수님요."

'아!'

강대집 교수는 당연히 기억하고 있다.

고교 시절 역사 담당 교사였던 최지영의 대학원 은사.

그가 복수정답 문항에 대한 공론화를 시키고자 했던 날 돕기 위해서 나서 준 덕분에 난 올해 유일한 수능 만점자가 됐었다.

그러니 직접 얼굴을 본 적은 없었지만 강대집 교수는 내게 도움을 준 셈이었다.

"알겠습니다. 안내해 주시죠."

원래 감사 인사 정도는 할 생각이었는데.

그 시기가 좀 더 빨리 찾아온 셈이었다.

＊   ＊   ＊

"만나서 반갑네. 강대집이네."

"처음 뵙겠습니다, 교수님. 서진우입니다."

짤막한 인사를 나누기 무섭게 강대집은 서운한 표정을 지었다.

"아쉽군. 난 자네가 당연히 한국대 사학과를 선택할 거라 예상했거든. 그런데 법학과를 선택했더군."

법학과와 사학과.

같은 한국대에 속한 학과였지만, 커트라인에서는 큰 차이가 났다.

수능 만점씩이나 받은 내가 법학과가 아닌 사학과를 택할 이유?

전혀 없었다.

내가 필요했던 것은 한국대 내에서도 최고 학과로 꼽히는 법학과 학생이라는 타이틀이었으니까.

혼자 김칫국을 마셨다가 실망한 기색을 감추지 못하고 있는 강대집 교수에게 내가 물었다.

"왜 제가 한국대 사학과를 선택할 거라고 예상하셨던 겁니까?"

"대한매일신보 영문판에 을사늑약의 부당성을 논한 시일야방성대곡을 게재했다는 사실을 알아냈다는 것, 역사에 관심이 많지 않으면 불가능하다고 판단했거든."

홍차를 한 모금 마신 강대집 교수가 말을 이었다.

"솔직히 말하면 자네에게 고마웠네."

"네?"

"난 이번 수능 출제 위원이었던 고원대 최진국 교수를 좋아하지 않네. 아니, 좋아하지 않는 정도가 아니라 무척 싫어하지. 그런데 자네 덕분에 최진국 교수에게 보기 좋게 한 방 먹일 수 있었으니 어찌 고마워하지 않을 수 있겠나?"

'그랬군.'

강대집 교수가 기꺼이 고원대 교수인 최진국을 저격하는 공론화에 나서 준 이유를 뒤늦게 알게 된 내가 물었다.

"최진국 교수를 왜 싫어하시는 겁니까?"

"이 책 때문이라네."

잠시 후, 강대집 교수가 책장에서 한 권의 책을 꺼내 와서 내 앞에 내밀었다.

『한국 독립운동의 계보』

그 책을 건네받아 대충 살피고 있을 때, 강대집 교수의 이야기가 이어졌다.

"그 책은 독립운동가들의 활동을 소개하는 게 주요 내용이야. 취지는 아주 좋아. 그런데 내가 마음에 안 드는 것은 저자인 최진국 교수가 그 책에서 친일파들을 독립 운동가로 탈피시키고 있다는 점이야. 일종의 신분 세탁을 시켜 주는 셈이지."

"왜 그런 일을 합니까?"

"돈 때문이지."

"……?"

"친일파 후손들로부터 연구비를 지원받으면서 이런 몹쓸 짓을 하는 거야."

"아!"

대충 말뜻을 이해한 난 분노했다.

나 역시 대한민국 국민 중 한 명.

돈에 영혼을 팔고 친일파인 인물을 독립 운동가로 탈바꿈

하려는 최진국 교수에게 반감이 생겼을 때였다.

"최진국 교수만이 아니야. 대한민국에는 친일 사관에 취해서 전범국인 일본을 위해서 일하는 역사학자들이 아주 많아. 난 그들과 끝까지 맞서 싸울 걸세. 그리고 난 자네가 날 도와줬으면 하네."

강대집 교수의 표정과 목소리는 무척 진지했다.

"자네라면 친일 사관을 가진 학자들과, 또 역사를 왜곡하려는 일본과 싸우는 데 큰 도움이 될 수 있을 거라고 확신해."

그리고 강대집 교수의 목소리에서는 진정성이 느껴졌다.

"저를 좋게 평가해 주서서 감사합니다. 하지만… 저는 다른 방식으로 싸우겠습니다."

"다른 방식으로 싸우겠다니?"

강대집 교수가 아쉬움과 의아함이 뒤섞인 표정으로 질문한 순간, 내가 힘주어 대답했다.

"저는 저만의 방식으로 일본과 맞서 싸우겠습니다."

*   *   *

'많이도 내리네.'

비가 주룩주룩 내리는 창밖을 응시하던 이현주가 한숨을 내쉬었을 때였다.

"이 대표, 이번엔 자신 있어."

맞은편에 앉아서 차를 마시던 오승완이 말했다.

"응? 뭐라고 했어?"

"이번 영화도 흥행에 참패할까 봐 걱정돼서 한숨을 내쉬는 것 아냐? 너무 걱정하지 마. 이번엔 진짜 자신 있으니까. 제작 시사회 반응도 아주 좋았잖아?"

오승완의 말대로 촬영을 마친 '텔 미 에브리씽'의 제작 시사회가 열렸을 때, 반응은 아주 좋았다.

쇼라인 엔터테인먼트 투자 팀장 엄기백은 기대 이상이라며 만족감을 표했고, 이현주도 흥행에 대한 확신을 가졌다.

"좀 이상해."

"영화 내용 중에 이상한 부분이 있다는 거야?"

오승완이 잔뜩 긴장한 채 질문하는 것을 들은 이현주가 고개를 흔들며 대답했다.

"아니, 내가 이상하다고 생각하는 건… 속도야."

"속도라니?"

"'홍길동이 돌아왔다'를 제작하는 데 걸린 시간이 얼마나 되는지 기억해?"

"한 이 년 정도 걸렸었나?"

"기획개발 기간까지 합치면 삼 년 걸렸어."

"그렇게 오래 걸렸었나?"

"그래도 다른 영화들과 비교해서 아주 오래 걸린 것도 아냐. 제작까지 더 오랜 기간이 걸리는 작품들도 수두룩하니까."

"하긴 김춘호 대표가 제작하는 'GP 704'는 8년째 제작 중이더라."

오승완이 웃으며 말한 후 질문했다.

"그런데 '홍길동이 돌아왔다' 이야기는 왜 갑자기 꺼낸 거야?"

"너무 비교가 돼서."

"무엇과 비교가 된다는 거야?"

"'텔 미 에브리씽' 말이야."

"작품의 수준이 비교된단 뜻이야?"

'텔 미 에브리씽'은 감독 오승완에게 있어서 무척 중요한 작품.

그래서 그는 잔뜩 신경을 곤두세운 채 날 선 목소리로 질문했다.

"작품의 수준을 말하는 게 아냐."

"그럼?"

"시간을 말한 거였어."

"시간이라면… 작품 제작에 걸린 시간을 말하는 거야?"

"응. 너무 짧았어."

서진우가 '텔 미 에브리씽'의 시나리오를 갖고 유니버스 필름에 공동 제작을 제안했던 것이 11월.

아직 후반 작업이 끝나지 않은 상태이긴 했지만, 그 후로 말 그대로 일사천리로 제작이 진행됐다.

시나리오 수정 작업이 없었던 점, 그리고 주연 캐스팅이 빠르게 확정되면서 조연 캐스팅까지 잡음 없이 이뤄진 점.

이것이 '텔 미 에브리씽'의 제작 기간이 확 줄어든 가장 큰 요인들이었다.

그 외에도 촬영 스태프들의 스케줄 조정이 잘되면서 촬영 기간이 단축된 것도 제작 기간이 확 줄어든 요인 중 하나였다.

"이런 경우는 처음이거든."

분명 이례적일 정도로 '텔 미 에브리씽'의 제작 기간은 짧았다.

그리고 아까 언급했던 요인들 외에도 '텔 미 에브리씽'의 제작 기간이 짧았던 데는 한 가지 이유가 더 있었다.

"최대한 제작 기간을 단축했으면 합니다."

바로 서진우의 부탁이었다.

제작 기간을 최대한 단축하려는 이유에 대해서 물었을 때, 서진우는 빨리 성과를 내서 부모님께 보여 드리고 싶다고 대답했다.

그러나 이현주는 직감적으로 깨달았다.

진짜 이유는 따로 있다는 것을.

하지만 서진우가 진짜 이유를 밝히지 않으니, 이현주로서는 알아낼 방도가 없었다.

그때, 오승완이 말했다.

"그게 문제가 되는 건 아니잖아?"

"그렇긴 하지."

제작 기간이 길다고 해서 작품이 흥행에 성공할 확률이 높아지는 것은 아니었다.

또, 제작 기간이 짧다고 해서 작품이 흥행에 성공할 확률이 낮아지는 것도 아니었고.

오히려 제작 기간이 짧은 경우 장점도 있었다. 그만큼 제작비가 줄어들었으니까.

"분명히 문제가 되는 건 없어. 다만… 좀 찝찝한 마음이 들어서 그래."

서진우가 '텔 미 에브리씽'의 개봉을 서두르는 진짜 이유를 몰라서인지 찝찝한 마음이 드는 것이었다.

'잊어버리자.'

이현주가 고개를 흔들며 상념을 털어 버렸다.

그렇지만 그녀의 표정은 밝아지지 않았다.

여전히 고민거리가 남아 있었기 때문이었다. 그리고 지금 이현주의 머리를 아프게 하는 것은 'IMF'라는 작품이었다.

*　　　　*　　　　*

'이게 대체 뭐지?'

서진우가 쓴 'IMF'라는 작품의 시나리오를 처음 읽고 난 후 들었던 생각이었다.

제목에 등장하는 IMF라는 국제기구에 대한 이해가 거의 없는 상태에서 읽었더니 황당무계하다는 생각이 들었다.

'잘 썼네.'

국제 통화 기금에 대해서 어느 정도 공부를 하고 난 후, 두 번째로 읽었을 때는 또 다른 느낌이 들었다.

적어도 이야기 전개가 납득이 됐기 때문이었다.

'엄청 잘 쓴 시나리오였네.'

그리고 대한민국 금융 시스템에 대한 공부를 하고 난 후 다시 읽었을 때는, 감탄하지 않을 수 없었다.

'서진우는 진짜 천재다.'

감탄을 넘어 자괴감까지 느꼈을 정도였으니 더 말해 무엇 할까.

그럼에도 불구하고 이현주는 아직 'IMF'라는 작품을 제작하는 것에 대한 확신을 갖지 못하고 있었다.

'이 작품이 과연 흥행이 될까?'

작품성은 좋았다. 그렇지만 이현주는 상업 영화 제작자였다.

영화를 제작할 때 염두에 두는 최우선 순위는 흥행일 수밖에 없었다. 그리고 이현주는 'IMF'라는 좋은 작품의 흥행에 대한 확신이 없었다.

좋은 작품이란 평가는 받을 수 있겠지만, 흥행에는 실패할 확률이 높다는 생각이 자꾸만 들었다.

'너무… 어려워.'

IMF란 국제기구의 존재조차 알지 못하는 국민들이 대부분이었다.

그런데 외환 보유고가 바닥이 나 국제 통화 기금에 구제 금융을 신청하는 과정에서 금융 관료들이 부정을 저지르며 이권을 챙기는 내용을 국민들이 제대로 이해하는 것은 어려울 것이란 생각이 들었다.

"혹시 IMF에 대해서 들어 본 적 있어?"

이현주가 차를 한 모금 마시고 던진 질문에 오승완이 대답했다.

"국제 통화 기금이라는 국제기구잖아."

오승완이 당연히 모를 것이라 예상하고 질문을 던졌던 이현주가 놀란 표정을 지었다.

"그걸 어떻게 알고 있어?"

"뉴스에서 봤어."

"무슨 뉴스?"

"외국 어느 나라였더라? 정확히 기억은 안 나는데 유동성 문제에 직면해서 국제 통화 기금에 자금 지원을 요청할 계획을 세웠다는 뉴스를 본 기억이 있어. 그런데 그건 갑자기 왜 묻는 거야?"

"실은 서진우 대표가 차기작으로 가져온 시나리오의 소재가 국제 통화 기금이야. 아니, 좀 더 정확히 말하면 대한민국 정부가 국제 통화 기금에 구제 금융을 요청하는 과정에서 벌어지는 일들을 다룬 이야기야."

"시나리오는 어때?"

"죽여줘."

"응?"

"이번에도 자괴감을 느꼈을 정도야."

"그런데 뭐가 문제야?"

"흥행이 안 될 거란 직감이 들거든."

"모르는 것 아냐?"

이현주가 흥행이 안 될 것 같은 직감이 든다고 솔직하게 대답한 순간, 오승완이 찻잔을 들며 반박했다.

"무슨 뜻이야?"

"영화의 흥행 여부는 신도 모르는 거니까."

"그래도……."

"중식이 알지? 은행 다니는 내 친구 말이야. 얼마 전에 중식이 만났는데 지금 대한민국 상황이 심각하다더라. TV 뉴스랑 신문에서는 장밋빛 전망을 쏟아 내고 있지만, 실제로는 무척 위험한 상황이래. 최악의 상황에는 나라가 부도날 수도 있을 거래. 쉽게 말해 국가 부도지."

"국가 부도."

섬뜩한 말이었다.

그렇지만 이번에 처음 듣는 말이 아니었다.

서진우는 'IMF' 시나리오에서 여러 차례 국가 부도를 언급했기 때문이었다.

"정말 그런 일이 일어날까?"

"그야 모르지. 말단 은행 직원인 중식이가 뭘 알겠어? 그런데 중식이가 그날 취해서 했던 말은 기억에 똑똑히 남아 있어."

"무슨 말을 했는데?"

"장밋빛 전망만 쏟아 내는 신문 기사 보고 우리나라 경제가 금방 괜찮아질 거라고 믿는 사람들이 불쌍하대. 알고 당하는 것과 모르고 당하는 것은 천지 차이라고."

찻잔을 향해 손을 뻗던 이현주가 흠칫했다.

─왜 국민들에게 솔직하게 말하지 않는 겁니까? 적어도 대비할 시간을 줘야 하는 것 아닙니까?

시나리오 속 주인공의 절규가 귓가에 되살아났기 때문이었다.

그때, 오승완이 덧붙였다.

"두 편이나 시원하게 말아먹은 감독이라서 난 흥행은 잘 몰라. 그렇지만 영화에 대한 신념은 있어. 영화는 메신저다. 사람들에게 어떤 메시지를 전달하는 것도 영화가 가진 역할 중 하나다. 그 메시지가 꼭 필요한 거라면 이미 그것만으로도 한 편의 영화를 제작할 가치는 충분한 게 아닐까?"

*   *   *

"진짜 빨리 제작이 끝났네."

'텔 미 에브리씽'의 제작 보고회.

공동 제작사인 '레볼루션 필름' 대표 자격으로 제작 보고회에 참석한 내가 이현주 대표의 능력에 감탄했다.

"최대한 제작 기간을 단축했으면 합니다."

이현주 대표에게 이런 부탁을 하긴 했었다.

그렇지만 이렇게까지 빨리 제작을 마치고 개봉을 앞두게 될지는 몰랐다.

'심대평보다 빨랐어.'

어쨌든 내 입장에서는 다행이었다.

내가 이현주 대표에게 부탁까지 하며 '텔 미 에브리씽'의 제작을 서두른 이유.

영화 제작 일에 뛰어든 날 보며 불안해하는 부모님에게 최대한 빨리 성과를 보여 주고 싶은 마음이 있어서였다.

그렇지만 더 큰 이유는 평화 필름 대표 심대평이었다.

만에 하나 심대평이 '텔 미 에브리씽'을 제작하는 것이 더 빨라질 경우도 감안하지 않을 수 없었기에 서둘렀던 것이었다.

'그동안 열심히 살았네.'

회귀한 후 지금까지 무척 바쁘게, 또 열심히 살았다는 생각이 들었다. 그래서 스스로를 칭찬하며 제작 보고회가 열릴 예정인 호텔에 도착한 난 이현주 대표와 인사를 나누었다.

"서 대표, 차 한잔할까요?"

"그러시죠."

호텔 커피숍으로 이동해서 마주 앉자마자 이현주 대표는 사과부터 했다.

"시나리오에 대한 답신이 늦어서 미안해요."

"괜찮습니다. 그리고 충분히 이해합니다."

"네?"

"대표님의 고민이 깊었을 거란 것, 알고 있습니다. 'IMF'라는 작품, 대표님께 고민을 안기기에 충분한 작품이었을 테니까요."

"서 대표도 잘 알고 있네요. 그런데도 이 작품을 차기작으로 선택한 이유를 알 수 있을까요?"

"시의성 때문입니다."

"시의성?"

"지금 이 시기에 꼭 필요한 영화라고 생각했습니다. 적어도 국민들에게 경고 메시지는 던져 줄 수 있을 테니까요."

"그리 멀지 않은 시기에 대한민국에 국가 부도 사태가 발생할 수도 있다. 그러니 이 영화를 보고 미리 대비하라는 경고 메시지요?"

"비슷합니다."

"비슷하다?"

고개를 갸웃한 이현주 대표가 다시 입을 뗐다.

"시나리오를 읽고 난 후에 계속 궁금한 게 하나 있었어요."

"무엇이 궁금하셨던 겁니까?"

"서진우 씨는 작품 속 시나리오처럼 현실의 대한민국이 국가 부도 사태를 맞기를 기대하는 것처럼 느껴졌어요. 내가 너무 과민하게 반응하는 건가요?"

"네. 저는 국가 부도가 일어나지 않길 바라거든요."

'하지만 막을 수가 없을 뿐이죠.'

이것이 내가 이 영화를 제작하기로 결심한 이유.

그리고 내가 경고 메시지를 던지려는 것은 아무것도 모른 채 국가 부도 이후의 대한민국에서 살아가게 될 국민들만이 아니다.

미국의 이익을 대변하기 위해서 움직이는 IMF.

그들과 짝짜꿍해서 국민들의 피눈물은 내팽개치고 쥐꼬리만 한 이익에 집착하며 협상을 주도할 금융 모피아들에게 경고 메시지를 날리고 싶은 것이었다.

"좋아요. 영화를 통해 메시지를 던지는 것, 꼭 필요한 일이에요. 한 편의 영화가 제작될 이유는 그것만으로도 충분하죠. 그렇지만 제작자로서 작품의 흥행 여부도 고려하지 않을 수는 없어요. 이것이 제가 고민하는 지점이고요."

일단 'IMF'라는 영화가 만들어져야 하는 이유에 대해서는 이현주 대표도 공감한 듯 보였다.

그러니 이제는 흥행이란 고민을 덜어 주어야 할 때였다.

"IMF에 대해서 아는 사람이 얼마나 될까? 그런데 IMF에 대해서 다룬 이 영화가 과연 흥행할 수 있을까? 대표님께서 가장 고민하는 지점이시죠?"

"정확해요."

"상황은 변하는 것이라고 배웠습니다."

"무슨 뜻이죠?"

"'IMF'라는 작품은 '텔 미 에브리씽'처럼 빠르게 제작이 진행되지 않을 겁니다. 흥행에 대한 확신이 없는 만큼, 캐스팅 단계부터 투자 단계까지 어려움을 겪을 가능성이 높으니까요. 제 생각에는 작품의 개봉까지 최소 1년 이상은 걸릴 겁니다. 그리고 그때는 지금과 상황이 달라져 있을 가능성이 높습니다."

"어떻게 상황이 달라질 거란 얘기죠?"

"지금보다 경기가 훨씬 더 나빠져 있을 겁니다."

"반대일 수도 있잖아요?"

"혹시 '밸류에셋'이란 투자사를 아십니까?"

"알고 있어요."

"제가 '밸류에셋' 대표를 맡고 계신 채동욱 선배님과 친분이 있습니다. 그분은 경기가 더 나빠질 것이라고 확신했습니다. 최악의 경우는 국가 부도 사태까지 맞이하게 될 거라고 예언하셨죠."

내가 채동욱을 언급한 이유.

그가 투자 전문가이기 때문이다. 그리고 전문가의 이름과 그가 한 이야기에는 상대를 납득시키는 힘이 있다.

내 예상대로 이현주 대표는 더 이상 반대 의견을 밝히지 않았다.

그것을 확인한 내가 다시 입을 뗐다.

"경기가 지금보다 더 나빠지면 사람들은 본격적으로 위기감을 느끼기 시작할 테고, 언론에서도 심심찮게 대한민국이 처한 위기를 언급하면서 국제 통화 기금에 대한 언급을 시작할 겁니다."

"지금은 국제 통화 기금이란 국제기구에 알고 있는 사람이 없지만, 작품이 개봉할 무렵에는 국제 통화 기금에 대해서 알고 있는 사람이 늘어날 것이다? 언론에서 국제 통화 기금을 언급하며 홍보를 해 줄 테니까?"

"덩달아 우리 영화 홍보도 되겠죠."

'국가 부도'라는 원제가 아니라 'IMF'라는 제목을 정한 것.

언론의 홍보 효과를 극대화시키기 위해서 나름대로 수립한 전략이었다.

하지만 여전히 이현주 대표는 불안한 표정이었다.

그런 그녀를 안심시키기 위해서 다시 입을 뗐다.

"스타 캐스팅을 포기하고, 신인 감독에게 연출을 맡겨서 제작비를 최소화할 겁니다. 그렇게 손익 분기점을 낮추면 최소한 손해는 보지 않을 겁니다."

'IMF'라는 작품의 제작 목적.

흥행작으로 만들어서 돈을 벌기 위함이 아니었다.

아까도 말했듯이 경고 메시지를 던지기 위함이었다.

그러니 우선은 제작 가능성을 최대한 높이는 것이 필요했다.

이것이 내가 이현주 대표를 입이 아프도록 열변을 토해 내면서 설득하는 이유였고.

'설득이 통했나?'

내가 이현주 대표의 반응을 살피고 있을 때였다.

"좋아요. 해 보죠."

이현주 대표가 공동 제작을 수락했다.

'됐다.'

내가 속으로 쾌재를 불렀다.

그렇지만 역시 한국말은 끝까지 들어 봐야 했다.

"단, 조건이 하나 있어요."

이현주 대표는 조건을 내세웠다.

"어떤 조건이죠?"

"시나리오 수정을 원해요."

"시나리오를 수정하자고요?"

내가 마뜩잖은 표정을 지었다.

필사적으로 기억을 더듬은 데다가 금융과 경제 관련 공부까지 해 가며 썼기에, 'IMF' 시나리오는 '국가 부도' 시나리오에 거의 근접했다. 그리고 내 기억 속 '국가 부도'의 시나리오는 좋은 평가를 받았다.

시나리오를 쓴 작가가 대종상 각본상을 수상했던 것이 '국가 부도'의 시나리오가 좋은 시나리오라는 증거.

그럼에도 불구하고 이현주 대표는 시나리오 수정을 요구했다.

'수정한다고 해서 이것보다 더 잘 쓸 수 있을까?'

엄밀히 말하면 내 포지션은 작가가 아니다.

회귀자 버프로 천재 작가 행세를 하고 있지만, 내 포지션은 어디까지나 영화 제작자다. 그래서 내가 난감해하고 있을 때, 이현주 대표가 말했다.

"지금의 시나리오는 너무 어려워요."

"네?"

"그래서 마음이 움직이지 않아요."

'마음이 움직이지 않는다?'

이현주 대표의 지적이 내 심장에 비수처럼 꽂힌다.

대종상 각본상까지 수상했을 정도로 '국가 부도'는 잘 쓴 시나리오였다.

그렇지만 흥행 성적은 기대에 미치지 못했다.

최종 관객수 230만 명.

간신히 손익 분기점을 넘기는 데 그쳤었다. 그리고 '국가 부도'가 잘 쓴 시나리오임에도 불구하고 흥행 성적이 기대에 미치지 못했던 이유 중 하나.

IMF 구제 금융 신청 당시 물밑에서 벌어졌던 막전 막후의 상황을 관객들에게 설명하느라 바빠서 관객들의 마음을 움직이는 데 실패했기 때문이었다.

'이현주 대표의 안목이 뛰어나긴 하구나.'

'IMF의 시나리오만 읽고도 약점을 정확히 짚어 낸 것.

작품을 보는 이현주 대표의 안목이 뛰어나다는 증거였다.

"개연성에 맞춰서 사실을 전달하는 것도 중요해요. 그런데 난 이번 작품에서 다루는 포커스가 바뀌었으면 좋겠어요."

그때 이현주 대표가 대안을 제시했다.

"어느 쪽에 포커스를 맞추었으면 좋겠다는 뜻입니까?"

"국가 부도 사태 이후 이 나라 국민의 삶요. IMF에서 구제 금융을 받고 나면, 대한민국이 어떻게 바뀌는가? 그 바뀐 대한민국에서 국민들의 삶은 얼마나 힘들어지고 피폐해지는가? 그 점을 중점적으로 보여 주면 관객들이 공감할 테고, 그럼 관객들의 마음을 움직일 수도 있을 것 같아요."

이현주 대표의 고민이 내 예상보다 길어진 이유를 알 것 같다.

그녀는 'IMF'라는 작품의 약점을 파악하는 데서 그치지 않고, 그 약점을 해결할 대안까지 찾아오느라 고민의 시간이 길어진 것이었다.

'좋은 대안.'

듣는 순간, 귀가 번쩍 뜨였을 정도로 좋은 대안이었다. 이렇게 좋은 대안을 찾아왔는데 절대 내 시나리오는 건드리면 안 된다며 똥고집을 부릴 이유가 없었다.

"대표님 말씀대로 하시죠."

"시나리오 수정이란 조건을 수용한단 뜻이죠?"

"그렇습니다."

"예상보다 훨씬 더 쉽네요."

"네?"

"작가들은 자존심이 세거든요. 그래서 자기 작품이 완벽하다면서 죽어도 손대면 안 된다고 고집을 피우는 경우가 많아서 걱정했거든요."

'난 작가가 아니거든요.'

이번 기회에 확실히 알려 줄 필요가 있다는 생각이 들어서 내가 말했다.

"저는 작가 이전에 '레볼루션 필름'을 이끄는 영화 제작자입니다. 영화관에 관객들을 한 명이라도 더 불러 모을 수 있는 방법을 찾아냈는데 똥고집을 피울 정도로 멍청하지는 않습니다. 그렇게 꽉 막힌 사람도 아니고요."

내가 열린 영화 제작자란 사실을 알려 준 후, 다음 수순으로 넘어갔다.

"시나리오 수정은 제가 맡지 않겠습니다."

당연히 내가 'IMF' 시나리오 수정을 맡을 거라 예상했기 때문일까.

"왜요?"

이현주 대표는 놀란 표정으로 물었다.

"개강했습니다."

"아, 대학생이었죠. 서 대표 능력이 워낙 출중해서 자꾸 그

사실을 잊네요."

개강을 했으니 공부를 해야 한다는 것은 핑계일 뿐이다.

내가 시나리오 수정을 맡지 않으려는 진짜 이유는 작가 서진우의 밑천이 드러나는 것이 두려워서다.

그동안 천재 작가 행세를 할 수 있었던 것.

내용을 이미 알고 있던 작품들을 그대로 옮긴 덕분이다.

그런데 시나리오 수정 작업에 들어가면 기존의 이야기를 덜어 내고 새로운 이야기를 채워야 한다.

그때는 작가 서진우의 얄팍한 밑천이 드러날 가능성이 높다.

그런 불상사를 사전에 차단하기 위해서 난 다른 작가를 구해서 'IMF' 시나리오 수정을 맡기려는 것이다.

"무슨 뜻인지 알았어요. 어떤 작가를 붙일지는 고민해 볼게요. 일단 합의는 봤으니까 이제 제작 보고회에 참석해 볼까요?"

이현주 대표가 손목 시계를 살피며 자리에서 일어났다.

나 역시 '텔 미 에브리씽'의 공동 제작자.

제작 보고회 자리에 참석하기로 이미 결정했다.

"가시죠."

그때까지만 해도 몰랐다.

'텔 미 에브리씽'의 제작 보고회에서 그를 만나게 될 줄은.

*　　　　　*　　　　　*

한진규, 그리고 신은하.

제작 보고회의 주인공은 단연 남녀 주연 배우들이었다.

실패한 감독 오승완, 신인 작가 서진우.

오승완과 나는 기자들의 관심에서 일찌감치 멀어졌기 때문이었다.

모든 기자들과 참석자들이 한진규와 신은하에게만 질문을 쏟아 냈다.

"이번 작품에서 두 분이 처음으로 만나셨는데 연기 호흡은 어땠습니까?"

"'텔 미 에브리씽'이란 영화에 출연을 결심한 계기는 무엇입니까?"

"신인 작가의 작품인데 출연을 결정할 때 불안하지는 않았습니까?"

"촬영 중에 재밌는 에피소드는 없었습니까?"

한진규와 신은하가 번갈아 가며 적당한 답변을 꺼냈다.

꿰다 놓은 보릿자루처럼 구석에 앉아서 긴장을 풀고 있던 내가 벌떡 일어난 것은 뒤늦게 제작 보고회장으로 들어선 한 남자를 발견했기 때문이었다.

'심대평!'

잘못 본 것이 아니었다.

마지막으로 봤을 때에 비해서 한참 젊은 얼굴이었지만, 내가 평생의 숙적이라 여겼던 심대평을 알아보지 못할 리가 없다.

그리고 예전의 심대평과 지금의 심대평.

외양 말고도 다른 점이 하나 더 있다.

바로 고리였다.

심대평의 머리 위에는 하얀색 둥근 고리가 떠올라 있었다.

─회귀자 감별 능력이 발동했습니다.

그때, 내 눈앞에 메시지가 떠오르기 시작했다.

─회귀자를 발견했습니다.

신은하를 처음 만났을 때도 떠올랐던 메시지들.

그 메시지들이 떠올랐을 당시, 나는 무척 당황했었다.

그렇지만 오늘은 당황하지 않았다.

심대평이 회귀자라는 사실을 이미 알고 있어서였다.

'심대평이… 여긴 왜 찾아왔을까?'

예상치 못했던 심대평의 방문.

그렇지만 딱딱하게 굳어져 있는 표정을 통해서 난 심대평의 방문 목적을 어느 정도 짐작할 수 있었다.

'화가 난 거야.'

내가 회귀하지 않았다면 '텔 미 에브리씽'은 심대평이 이끄는 평화 필름의 작품이 됐을 것이었다.

그런데 내가 '텔 미 에브리씽'을 선점해 버린 상황.

심대평은 그로 인해 화가 났을 것이었다.

'저 여자는 누구지?'

머릿속으로 빠르게 상황을 유추하던 내 눈에 심대평과 함께 제작 보고회장으로 찾아와 있는 여자가 보였다.

나이는 삼십 대 초반 정도.

유순한 외모의 여자는 심대평의 옆에 서서 불안한 듯 주변을 두리번거리고 있었다.

그때였다.

"감독님은 지난 두 작품에서 각본과 연출을 함께 맡으셨습니다. 그런데 이번 작품에서는 연출만 맡으셨죠. 특별한 이유가 있습니까?"

기자 중 한 명이 오승완 감독에게 질문했다.

"주제를 깨달았기 때문입니다."

"네?"

"제가 시나리오를 쓰니까 자꾸 흥행에 실패하더라고요. 그래서 이번에는 천재 작가가 쓴 시나리오를 연출만 하기로 결심한 겁니다."

"천재 작가요?"

"네, 제가 살면서 본 최고의 천재 작가가 저기 앉아 계시네요."

내가 난감한 표정을 지었다.

오승완 입장에서는 작가 서진우를 띄워 주기 위해서 한 말이겠지만, 내 입장에서는 말 그대로 난감한 상황이었다. 그리고 내가 '텔 미 에브리씽'의 시나리오를 쓴 작가임을 알게 된 심대평의 시선은 내게 고정되어 있었다.

심대평만이 아니었다.

심대평과 함께 동행한 빨강색 파카를 입은 여자도 적의가 담긴 시선으로 날 뚫어져라 바라보고 있었다.

그 후로도 몇 가지 질문과 답변이 오갔다.

그러나 난 전혀 집중하지 못했다.

'심대평이 어떻게 나올까?'

모든 신경이 거기에 쏠려 있었기 때문이었다. 그리고 제작 보고회가 막을 내리자마자, 심대평이 내 앞으로 다가왔다.

'개자식!'

심대평은 잔뜩 화가 난 기색이었다.

그렇지만 화가 난 것은 나도 마찬가지였다.

지난 생이 망가졌던 것이 심대평의 계략 때문임을 알고 있어서였다.

"서진우 작가님이 맞습니까?"

"그렇습니다만."

내가 애써 분노를 누르며 대답한 순간, 심대평이 쏘아붙였다.

"넌 표절 작가야."

'겨우… 이거야.'

내 긴장이 풀렸다.

'텔 미 에브리씽'의 제작 보고회장까지 찾아온 심대평이 대단한 한 방을 준비해 오지 않았을까 하고 우려했는데.

그가 준비해 온 것이 내 기대에 한참 미치지 못했기 때문이었다.

"내가 표절 작가라는 근거가 있습니까?"

"근거? 물론 있지."

"그 근거가 대체 뭡니까?"

"바로 이거야."

심대평이 내 앞으로 자신 있게 내민 것.

'텔 미 에브리씽'이란 제목이 적혀 있는 시나리오 책이었다.

"여기 있는 송태경 작가와 함께 '텔 미 에브리씽'이란 작품을 제작할 계획이었어. 그런데 그 계획은 무산됐지. 서진우라는 표절 작가 때문에."

심대평이 으르렁거리며 쏘아붙였다.

그러나 난 당황하지 않았다.

"이상하네요."

"뭐가 이상하단 거지?"

"직접 봤습니까?"

"뭘 봤냐는 거야?"

"유니버스 필름에서 제작해서 개봉을 앞두고 있는 '텔 미 에브리씽'이란 작품을 직접 보셨냐고 물은 겁니다."

"그거야……."

"못 봤을 겁니다. 제작 과정에서 철저히 보안을 유지했고, 아직 시사회도 열리지 않은 상태이니까요. 그런데 제가 쓴 '텔 미 에브리씽'과 송태경 작가님이 쓰신 '텔 미 에브리씽'이란 작품의 내용이 같다는 것. 어떻게 확신할 수 있습니까?"

'회귀자니까 알아.'

모르긴 몰라도 심대평은 이렇게 소리치고 싶으리라.

그러나 그 말을 입 밖으로 꺼낼 수는 없는 노릇.

그래서 예상치 못한 내 역공에 심대평은 당황한 기색이 역력했다.

"제목만 같다고 표절입니까?"

"어쨌든 넌 표절 작가야. 너 같은 놈 때문에 여기 있는 송태경 같은 선량한 작가가 피해를 입는 거고."

심대평이 재차 날 표절 작가로 몰아붙였다.

'어디서 정의로운 척이야.'

그렇지만 난 코웃음을 쳤다.

내 기억 속 '텔 미 에브리씽'의 작가는 백선화.

난 이미 그녀를 찾아가서 직접 만났던 적이 있었다. 그리고 그 만남을 통해서 두 가지를 확인했다.

백선화는 '텔 미 에브리씽'이란 수작을 쓴 진짜 작가가 아니라는 점과, 그녀가 심대평의 먼 친척이라는 점.

만약 내가 '텔 미 에브리씽'을 선점하지 않았다면?

심대평 역시 직접 시나리오를 쓰고, 먼 친척인 백선화에게 각본 타이틀을 넘겼으리라.

그런데 지금 날 찾아와서 송태경이란 작가를 위하는 척, 또 무척 정의로운 척 하는 것이 어이가 없을 지경이었다.

"그런데… 누구세요?"

"뭐?"

"누군지 정체도 밝히지 않고 다짜고짜 날 표절 작가로 몰아붙이고 있지 않습니까? 그리고 언제 봤다고 나한테 반말이세요?"

당황한 기색의 심대평을 지그시 노려보며 내가 덧붙였다.

"억울하면 고소하세요."

"그래. 진짜 고소할 거야."

"그러시든가요."

난 여유 있게 대답했다.

표절 작가로 몰아붙이면 내가 겁먹을 줄 알았겠지만, 엄연히 착각이다.

나 역시 회귀자.

이 바닥 사정을 빤히 알고 있다. 그래서 심대평이 절대 고소를 하지 않을 것임을 잘 알고 있다.

'만약 내가 반대의 입장이라도 마찬가지일 테니까.'

표절로 고소한다고 하더라도 승산이 희박하다는 것.

나도 알고 심대평도 알고 있다.

당장 승패를 떠나서 지루한 법정 싸움이 벌어질 터.

그 시간에 차라리 흥행작 중 하나를 선점해서 제작하는 편이 훨씬 더 이익임을 잘 알고 있기 때문이다.

심대평을 노려보던 내가 송태경 작가에게 고개를 돌렸다.

"아까 송태경 작가님이라고 하셨죠?"

"네? 네."

당황한 기색으로 엉겁결에 대답하는 송태경에게 내가 충고했다.

"사람 보는 눈 좀 키우세요."

*　　　　*　　　　*

'어쩌면 영원히 못 찾을 수도 있다고 생각했는데.'

내 기억 속 '텔 미 에브리씽'의 각본 작가 백선화는 가짜였다.

'텔 미 에브리씽'을 선점한 심대평이 내세운 가짜 각본 작가.

그 사실을 알아챈 후, 난 어쩌면 영원히 '텔 미 에브리씽'을 쓴 진짜 작가를 찾지 못할 수도 있다고 생각했었다.

그렇지만 언제나 그렇듯 삶은 예상대로 흐르지 않는다.

심대평은 날 표절 작가로 몰아가기 위해서 진짜 '텔 미 에브리씽'의 각본 작가가 필요했을 것이다.

그래서 송태경을 찾아서 내 앞에 데려온 것이고.

"무슨 뜻이죠?"

"말 그대로입니다. 저 사람보다는 내가 더 도움이 될 겁니다."

내가 지갑에서 명함을 꺼내서 송태경에게 건넸다.

그 명함을 건네받아 살피던 송태경의 두 눈이 커졌다.

내가 '텔 미 에브리씽'의 각본 작가이자 공동 제작자라는 사실을 알고 놀랐을 터.

"연락처 좀 알려 주시죠."

그런 그녀에게 내가 부탁했다.

"제 연락처는 왜⋯⋯?"

"작업을 의뢰하고 싶어서요."

"작업⋯ 요?"

"명함 보셔서 아시겠지만, 저 사기꾼 아닙니다. 유니버스 필름 이현주 대표와 공동 제작하는 작품의 수정 작업을 의뢰하고 싶습니다."

'홍길동이 돌아왔다'를 제작한 이현주 대표의 이름.

상대에게 신뢰를 심어 주는 역할을 하는 데는 전가의 보도다.

예상대로 송태경의 두 눈에서 불안과 의심이 사라졌다.

그렇지만 그녀는 바로 연락처를 알려 주지 않았다. 그리고 그녀보다 먼저 질문한 것은 심대평이다.

"어떤⋯ 작품이지?"

내가 이현주 대표와 손을 잡고 새로운 작품을 준비하고 있다는 이야기를 들은 심대평은 불편하고 불안한 기색이 역력하다.

'당연히 불안하겠지.'

이미 '텔 미 에브리씽'을 뺏긴 상황.

평화 필름에서 제작하려고 하는 또 다른 작품을 빼앗기게 될까봐 불안해서 지금쯤 심장이 두근거릴 것이다.

"누군지도 모르는 당신에게 내가 그걸 알려 줄 이유가 있습니까?"

"……?"

"부지런히 일하세요. 변변한 작품 하나 세상에 내놓지 못하고 망하는 영화 제작사들도 부지기수이니까요."

『회귀자와 함께 살아가는 법』 3권에 계속…